KB118120

브라더 선
시스터 문

BROTHER SUN SISTER MOON
by ONDA Riku

이 도서의 국립중앙도서관 출판예정도서목록(CIP)은
서지정보유통지원시스템 홈페이지(http://seoji.nl.go.kr)와
국가자료공동목록시스템(http://www.nl.go.kr/kolisnet)에서 이용하실 수 있습니다.
(CIP제어번호: CIP2011005551)

브라더 선 시스터 문

Brother Sun Sister Moon

온다 리쿠 장편소설 | 권영주 옮김

차례

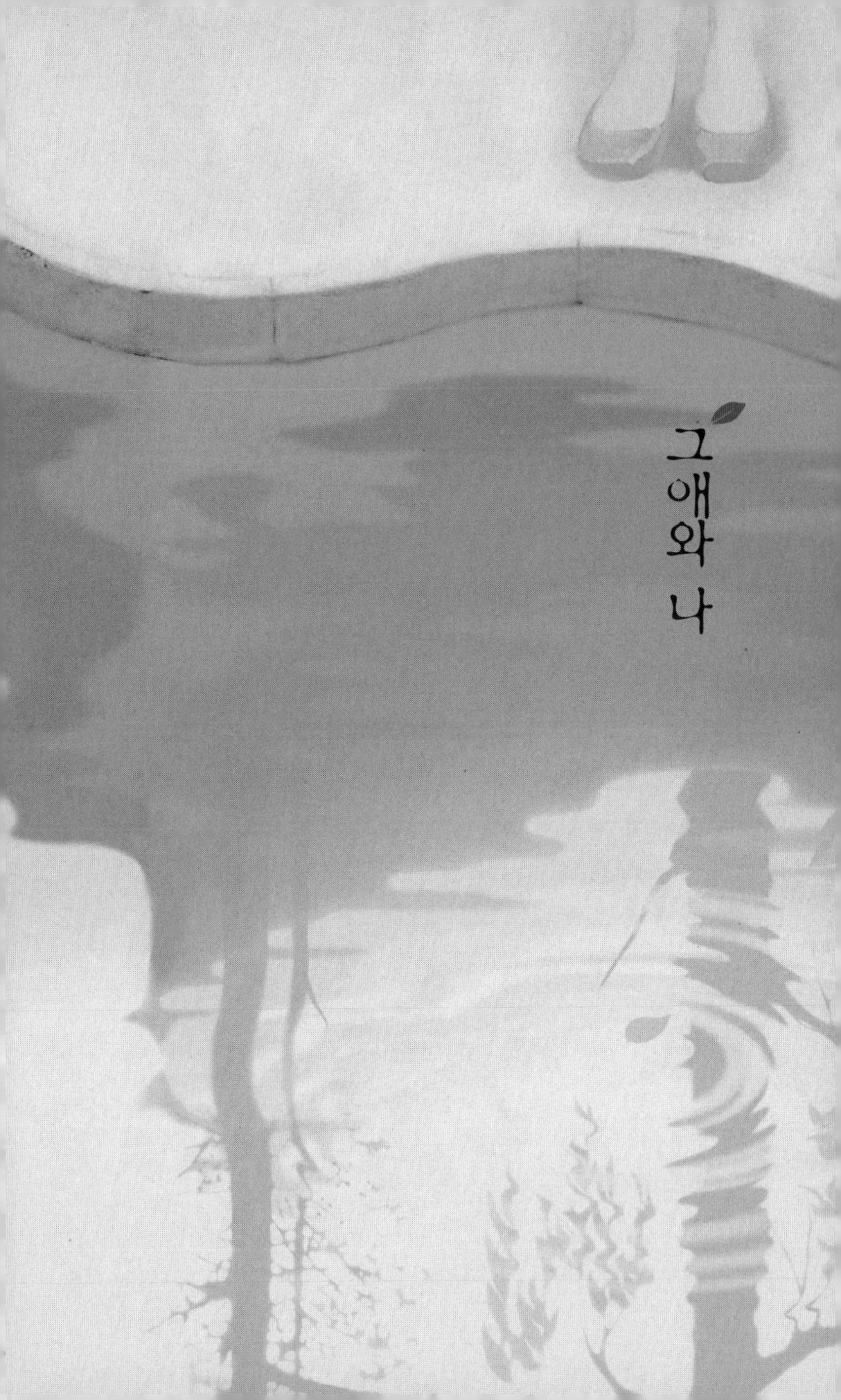
그애와 나

좁았다. 학창 시절은 좁았다.

넓은 곳으로 나온 것일 텐데도 어쩐지 무척 갑갑했다.

바보였다. 학창 시절의 나는 정말 바보였다.

돈도 없었고, 말 나온 김에 덧붙이자면 매력도 없었다.

그런 시절로는 두 번 다시 돌아가기 싫다.

주위의 여자 친구들도 학생 따위 이제 질색이라는 애가 대부분이다.

하지만 남자들은 다른 모양이다.

졸업하고 얼마 후 같은 지도교수 아래 있던 동기들이 모인 적이 있었다.

화기애애한 담소, 잇따라 되살아나는 미팅과 엠티의 추억.

별안간 누가 창피한 줄도 모르고 '그때는 좋았지'라고 했다.

나는 그 자리에서 얼어붙었다.

라디오에서 흘러나오는 원망 어린 포크송 가사에서도 느낀 적 있고, 전부터 소문을 들어 알고는 있었다. 그때는 좋았노라고 밤이면 밤마다 서로 소곤거리는 중년 남자 회원만의 신흥종교가 있다는 것을. 하지만 정말로 그런 말을 하는 사람이 있을 줄이야. 그것도 내 동기 중에.

오카자키는 학창 시절로 돌아가고 싶다나봐.

요쓰야에서 아키코를 만났을 때 문득 그렇게 말하자 아키코는 경멸 어린 눈초리로 나를 보았다. 내가 돌아가고 싶다는 게 아닌데.

가까스로 돈을 벌게 되었고 이제 사사건건 다른 사람의 허락을 받지 않아도 되는데, 왜 또 그 재미없기 짝이 없는 학창 시절로 돌아가야 한다는 말인가?

여대생 붐이라는 게 있었다. 아마 모를 테지만.

'여대생 붐'. 도대체가 이 말, 명사로서 어떤가. 여대생이 붐이다. 말이 안 되지 않나.

그러나 그런 게 있었다. 분명히 있었다. 내가 알지 못하는 어딘가 아득히 먼 세계에.

아닌 게 아니라 그들은 예뻤다. 어른스러웠다. 매력이 있었다. 비싸 보이는 옷을 입고 다녔다. (맞다, 당시 DC브랜드 붐이라는 것도 있었다. 동시에 신용카드로 비싼 옷을 사는 것도 유행이었다. 일세를 풍미한 백화점에서 카드를 긁고 할부금을 갚지 못해 험악한 분위기를 풍기는 젊은 사람을 자주 볼 수 있었다.) 화장이 능숙했다. 머리 모양이 다들 똑같았다. 층지게 커트하고 파마해서 옆으로 넘기는데, 어떻게 저 스타일을 망가뜨리지 않고 유지할 수 있는지 도무지 이해되지 않았다. 아침마다 드라이해야 한다는 말을 듣고 정신이 아득해졌다.

소위 양갓집 따님들이 다니는 학교로 알려진 여대나 세련된 이미지의 미션계 대학에 다니는 미인 학생이 텔레비전이며 잡지에 연예인으로 속속 등장했다. 당시 심야 프로그램이 한창 유행이었는데, 그들은 그런 프로그램의 단골 출연자였다. 그러고 보니 그 얼마 전부터 주간지 표지에 전국 대학의 미인 학생을 싣는 기획이 '붐'을 일으켜 자타 추천으로 응모가 쇄도했다. 거기서도 연예인이 수두룩하게 탄생했더랬다.

즉 '여대생'이라는 것이 하나의 기호記號가 되어 홀로 돌아다니고, 사람들이 그것에 멋대로 망상을 부풀려 떠받들거나 업신여기거나 했던 셈이다.

문제는 같은 시기에 나도 여대생이었다는 사실이다.

아야네는 여대생이 아니지.

고등학교 때 친구고, 미션계인데다 점잖은 양갓집 따님들의 학교로 여겨지는 여대에 다니는 엣짱은 딱 잘라 말했다.

그녀는 성적이 매우 좋았는데도 국립대에 지원하지 않았다. '난 나중에 결혼할 때 유리하게, 여자의 출신 대학으로 이미지가 좋은 학교를 선택할래'라고 선언하더니 그 말을 실천에 옮긴 것이다. 입학한 뒤로는 도쿄대 학생만 골라 미팅하는 모양이었다.

사실은 청주와 대중주점을 애호하면서 미팅 자리에서는 술을 못 마시는 척하기 때문인지 나와 만날 때는 꼭 프랜차이즈 대중주점에서 만나(그러고 보니 대중주점 붐이라는 것도 있었다) 청주를 줄기차게 마셨다.

그럼 뭔데?

나는 두부 튀김을 먹으며 째려보았다.

여학생이야, 여학생. 여대생이랑은 달라. 이상하지? '여대생' 하면 예쁘고 부자에다 영어 교재 끼고 다닐 것 같은데, '여학생'이라고 바꿔 말하는 순간 화장기 없고 돈 없고 대중주점에서 아르바이트하는 여자애가 떠오르거든. 네 이미지에 딱 맞지 않니?

엣짱은 아하하하, 하고 호쾌하게 웃었다.

그 누구도 아닌 시대. 연장된 유예 기간.

인터벌. 막간. 그것이 내 사 년이었던 것 같다.

처음부터 학창 시절을 '좁다'고 느낀 것은 아니었다.

막 입학했을 때는 오히려 너무나도 큰 자유에 어리둥절했고 방목됐다는 사실에 어쩔 줄 몰라했다.

고등학교 때는 좌우지간 얼른 대학생이 되어 집에서 나가고 싶다, 도쿄에 가고 싶다는 생각뿐이었기 때문에, 그것이 실현되었을 때 '도쿄의 대학생'의 실체 없음과 불안정함에 마음이 불안해진 것이다.

어디든 갈 수 있다. 무슨 일이든 할 수 있다. 밤에 자도 되고 안 자도 된다.

밤을 새워 좋아하는 미스터리 소설을 읽어도 상관없고, 아침밥과 저녁밥을 다 건너뛰어도 되고, 아무하고도 말하지 않고 하루 종일 퉁퉁 부어 있어도 된다.

세상에, 관대하기도 해라! 정말 그래도 돼요? 야단 안 쳐요? 진짜?

……대답이 없다.

그런 느낌.

그러든지 말든지. 우리는 매년 시골에서 우르르 쏟아져나오는 애송이에게 조금도 관심 없으니까.

……그런 느낌.

집 생각이 난 적은 없었다.

우리 학교에는 도쿄로 진학하는 학생이 매우 많았는데, 되레 남자애들이 향수병에 걸려서는 이듬해 다시 우리 지역 국립대 시험을 치는 경우가 꽤 있었던 모양이다. 분명히 '도쿄의 대학생'이라는 존재의 불확실함을 못 견뎠을 것이다. 그 기분은 모르지 않았다. 지역에서 제일 좋은 고등학교를 나와 그 지역 국립대에 가면 그곳에서는 모두에게 존경받지만, 도쿄에서는 우리 고등학교 이름조차 모른다. 섬약하고, 장점이라고는 공부를 잘한다는 것밖에 없고(그것도 결코 탁월하게 똑똑한 것도 아니고), 부모님과 할아버지 할머니에게 귀여움 받으며 자란 남자애들은 힘들 것이다.

이사를 마친 봄방학의 어느 밤.

세 평짜리 방 한 칸에 부엌이 딸린 연립, 활짝 열어젖힌 창밖에서 한창때가 지난 목련의 향기가 흘러들었다. 해방감과 더불어 들이마셨던 기억이 있다.

만세, 이제 난 자유다, 하고 흥분했던 밤.

봄밤 속에 하얀 목련이 어슴푸레 보였다.

세계는 무한하고, 무수한 가능성이 내 앞에 열려 있는 것만 같았다. 물론 기분 탓이었지만.

그 집을 좋아했다. 육 년을 살았다. 낡은 목조가옥의 2층 모퉁이 방이었는데 구조가 조금 특이했다.

창 밑에 수납장이 붙어 있어 벤치처럼 그 위에 걸터앉을 수 있었다. 여름철에는 다다미 바닥이 끈적끈적하고 덥기 때문에, 폭이 삼십 센티미터쯤 되는 그곳에 다리를 끌어올리고 앉아 밤바람을 맞으며 책을 읽었다.

하코도 우리집에 오면 늘 그곳에 앉았다. 긴 팔다리를 교묘하게 접고 느긋하게 창밖을 내다보며 앉아 있곤 했는데.

하코는, 하코자키 하지메.

같은 고등학교였다. 같은 학년. 같은 반이었던 적은 없다.

하지만 고등학교 때부터 같이 영화도 보고 차도 마시며 친하게 지냈다. 생각해보니 1학년 때 수업에서 같은 팀이 됐을 때부터.

우리 학교에는 이상한 수업이 있었다. 1학년 6월경에 거리로 나가 취재라고 할지, 인터뷰 조사 같은 것을 해야 했다. 과목으로 따지면 사회일까. 취지는 알 수 없지만 오랜 세월 계속돼온 수업이었다. 지금 생각하면 신입사원을 연수 삼아 낯선 곳에 영업 보내는 것과 비슷하다. 팀은 학급에 관계없이 3인 1조로 나뉘었다.

주제는 해마다 달랐던 듯한데, 우리 때는 무엇이었는지 잊어버렸다.

어쨌든 그날 일은 지금도 잊히지 않는다. 참 이상한 하루였다. 실제로 체험하고 있을 때는 그 기이함을 모르지만, 나중에 돌이켜보면 도무지 설명이 되지 않는 이상한 일이 가끔 있다.

그날이 그랬다. 우리가 갔던 지역이 통째로 텅 비어 아무도 만나지 못했다. 폐허 같은 것은 아니고, 사람이 사는 듯한 느낌은 분명히 있었다. 꼭 메리 셀레스트 호* 같았다. 이상하네, 이상하네 하다가 결국 개미 새끼 한 마리 못 만나고 여우에 홀린 기분으로 돌아왔다.

흡사 다른 차원의 에어포켓에 잘못 발을 들여놓은 것 같았다. 농담으로 다들 우주인에게 유괴라도 됐나 했는데, 나중에 생각하면 할수록 웃을 일이 아니라는 생각이 들었다. 지금도 가끔씩 대체 어떻게 된 일이었을까 생각한다.

---

* 19세기에 대서양에서 무인 상태로 발견된 상선.

그때 같은 팀이었던 게 하코자키 하지메였다.

키가 크고 호리호리한데다 갈색이 도는 곱슬머리. 당시에도 머리숱이 굉장히 많았다. 살빛이 희고 어딘가 모르게 국적 불명의 분위기를 풍겨서 할아버지가 러시아 사람이라는 소문도 있었다. 물론 뜬소문이었지만, 조상 중에 외국 사람이 있느냐는 질문을 하도 여러 번 받다보니 가끔씩 '우리 외할아버지는 니콜라이라고 해' 하고 시침 뚝 떼고 거짓말을 했던 모양이다.

그러다 점점 재미가 붙어 급기야는, 야야, 아야네, 할아버지는 원래 러시아 정교 선교사로 홋카이도에 왔는데 다시마 어업을 돕다가 어부로 전직해서, 기타마에 항로*에서 한 재산 챙긴 후 쿠이의 해산물 도매상 딸인 할머니를 오타루에서 만났다는 건 어때? 하고 나에게 물은 적도 있었다.

기타마에 항로라니, 시바 료타로의 『유채꽃 앞바다』에 나오는 거? 아닌가? 그거 메이지 시대 아니었어? 시대 고증상 맞을까 몰라?

뭐 어때? 그냥 그럴듯하게만 들리면 돼. 하코는 그렇게 말했다. 나는 '좀 멜로드라마 같긴 해도 그럴듯하긴 하네'라고 대답했다. 얼마 후에 우리 반 여자애가 '하코자키네 할아버지는 러

* 에도 중기 이후, 호쿠리쿠 이북 항구와 오사카를 연결하던 해운 항로.

시아인 선교사래'라는 말을 했던 걸 보면 본인이 그 이야기를 퍼뜨린 모양이다.

하코는 매우 온후하고 인상도 좋지만 그런 식으로 남을 얕잡아 보는 면이 있는데다, 언제나 포커페이스를 유지하면서도 뒤로는 좋고 싫은 게 꽤 분명한 사람이었다.

하코는 여자애들이 좋아했다. 분위기가 부드러워 여자애들과 함께 있어도 이질감이 없었다. 모두의 오빠 같은 느낌. 맨 처음에 '하코'라고 부른 사람은 아마 나였을 텐데, 그게 꽤 잘 어울렸는지 이내 다른 여자애들도 그애를 하코라고 부르기 시작했다. 한편 남자애들 중에서 나를 '아야네'라고 이름으로 부르는 것도, 그렇게 불러 이질감이 없는 것도 하코뿐이었다.

하코는 남자애들도 좋아했다. 아니, 남녀노소 모두 좋아했다. 태도는 부드럽지만 솔직하지, 냉정하지, 언뜻 보면 안 그럴 것 같지만 공연히 어깨에 힘만 주는 인간들보다 훨씬 남자답다고 생각한다.

대학 때는 일 년에 한두 번 훌쩍 나타나 근황을 이야기하는 정도였다. 하코가 사귀던 같은 동아리의 여자애나, 고등학교 선배 중에 하코와 자주 어울려 다니던 엄청 칠칠치 못한 사람 이야기를 안주 삼아, 우리집에서 마시기도 하고 동네 주점에서 마시기도 했다.

하코는 술이 셌다. 역시 러시아인의 피가 섞여서 남들보다 알코올 분해 효소가 많은 거라나.

그러고 보니 그때는 버번이 유행했다. 왜 그랬을까. 다들 약간 촌스러운 그 술을 마셨다. 하기야 돈이 없는 우리는 좀처럼 못 마셨지만, 포 로지즈는 이름과 라벨이 예뻐서 맨 먼저 외워졌다.

돈이 없는 것치고는 자주 마셨다. 술 마시고 떠들던 것만 인상에 남아 있으니 꼭 술만 마시고 산 것 같지만, 지금 생각하면 기껏해야 일이 주에 한 번쯤이 아니었을까. 집에서 술을 마시기 시작한 것은 취직하고 원래 살던 집에서 더 넓은 곳으로 이사한 다음이니, 꽤 건전한 생활을 한 셈이다.

프랜차이즈 주점은 상호는 같아도 주인에 따라 맛이 달랐다. 메이지 거리에 있는 M이 다른 데보다 맛있다고들 해서 친구와, 아니, 거의 아키코와 자주 갔다.

주문하는 메뉴도 늘 일정했다. 양파 슬라이스와 콩나물 초무침, 참치 낫토와 배추김치, 찬 날두부. 무슨 의식을 치르는 것처럼 정중하게 주문했다.

아키코는 독서 동아리에서 만났다. 재수를 해서 나이는 나보다 한 살 위였지만, 죽이 잘 맞아서 대학 사 년간 아주 오랜 시간을 함께 보냈다. 지금도 가끔 만난다.

도야마 출신이고 영국 SF와 영국 미스터리를 좋아하는, 중후한 취향의 애였다. 늘씬한 그녀는 입만 다물고 있으면 쿨한 미녀이건만, 이야기를 나눠보면 털털한 성격이 나오고 좌우지간 입이 험했다. 돗토리 사구며 이즈 오시마 등 여기저기 둘이서 여행도 많이 다녔다.

어느 한 시기에 오랜 시간을 함께 보내는 사람이 있다.

초등학교나 중학교 때 편의상 같이 지내다가 반이 바뀌면 거들떠보지도 않는 그런 사람 말고, 한 시기 내내 같이 있어도 아무렇지도 않은 사람.

아키코와 나는 날이면 날마다 지겨운 줄도 모르고 끝도 없이 수다를 떨었다. 무슨 이야기를 했는지는 거의 생각나지 않지만 다방에서 수다 떨고, 문학부 라운지에서 수다 떨고, 주점에서 수다를 떨었다. 그 사 년만 따지면 가족보다 같이 있는 시간이 많았다. 대학은 그런 극단적인 일도 가능하다는 게 재미있다.

기억은 정말 이상하다. 1학년, 2학년, 3학년, 4학년 순서대로 보관되어 있는 게 아니라 그야말로 '순서부동'으로 사 년이 한 덩어리가 되어 있다.

이렇게 생각나는 것도 단편적인 기억뿐.

그것도 매일같이 다니던 다방 토스트에 곁들여진 샐러드 드레싱의 맛이라든지, 학교에서 역으로 가는 길 헌책방 앞에서 팔던 백 엔 균일가 문고본의 변색된 책등, 가게 안에 들어갔을 때 나던 헌책 냄새, 휑뎅그렁한 라운지의 기이한 고요함, 반지하 동아리 방에 들어찬 공기의 독특한 감촉. 대형 강의실 뒷자리에 앉았을 때 느껴지는 기묘한 안식. 학창 시절의 기억은 그런 것만으로 이루어져 있다.

솔직히 말하면 학창 시절 이야기는 별로 하고 싶지 않다.

워낙 평온해서 별로 할 이야기도 없다.

아무 일도 없었다. 아무것도 하지 않았다.

그래놓고도 묘하게 아프다. 그 무위함, 어리석음, 평범함이 시간을 넘어 마음속 밑바닥에서 무디게 저려온다.

자의식 과잉인 주제에 콤플렉스 덩어리였고, 간신히 프라이버시를 손에 넣고도 외로움을 탔으며, 뭔가가 되고 싶어 죽겠는데 발을 내딛기는 무서웠다.

모든 것이 모순되고 삐걱거렸다. 그래도 그곳에서 발을 내디뎠으면 조금이나마 능력을 키울 수 있었을 테지만, 아무것도 하지 않고 모든 것을 작은 사이즈에 맞춘 탓에 스스로를 넓힐 기회를 놓친 채 시간을 보냈다는 생각이 든다.

대학가 다방.

정말 자주 갔다.

그때는 아직 스타벅스도 없었고, 도토루나 패스트푸드점도 많지 않았다. 움막 같은 다방, 어두운 재즈 다방, 영업일이 확실치 않은 명곡 다방.

그곳에서 혼자 얼마나 많은 시간을 보냈을까. 헌책방에서 산 문고본 책을 읽고 예습으로 수업 교재를 읽었다. 수업중에 읽기 시작한 스티븐 킹의 『저주받은 천사』가 어찌나 재미있는지 책을 내려놓을 수가 없어서 그대로 다방으로 자리를 옮겨 상하권을 독파한 적도 있다.

인간은 수분을 자주 섭취하는 사람과 그리 잘 섭취하지 않는 사람으로 나뉜다고 한다.

나는 아마 전자일 것이다. 다방에 가도 커피를 금세 마셔버리고 한 잔 더 시키는 일이 비일비재하다. 반면에 잘 마시지 않는 사람은 정말 안 마신다. 커피를 주문해도 거의 손을 대지 않고 식사 때도 아무것도 마시지 않으니, 어떻게 수분을 섭취하는지 수수께끼다.

나는 일찍 잘 못 일어나기 때문에 수업을 되도록 오후에 몰아넣었는데, 일단 다방부터 가서 커피를 한 잔 마시거나 아점으로 런치 메뉴와 커피를 들었다. 그래야 겨우 학교에 온 기분이 들었다.

동아리 사람들이 노상 죽치고 있는 다방도 있었지만, 그밖에도 그때그때 기분에 따라 돌아가며 이용하는 곳이 몇 군데 있었다.

나는 가게가 한번 마음에 들면 끈질기게 다니는 버릇이 있는데, 한동안 뻔질나게 드나들었던 다방에서는 늘 똑같은 메뉴를 주문했기 때문에(베이컨치즈 토스트로 기억한다) 내가 가게에 들어서자마자 마스터가 오븐토스터에 식빵을 넣었다. 그 모습을 보면 늘 애거사 크리스티 소설의 한 구절이 떠올랐다. 무슨 책이었는지는 잊었지만, '신사 분들은 늘 똑같은 메뉴를 주문한답니다. 숙녀 분들은 변화를 좋아합니다만'이었을 것이다. '난 신사 분이구나' 싶었다.

지금도 그 버릇이 남아 있어서, 단골 라면집에 갈 때마다 들어가기 전까지는 오늘은 꼭 다른 메뉴를 시켜야지 다짐하면서도, 자리에 앉는 순간 역시 여느 때와 똑같은 메뉴를 주문하고 만다. 여태껏 그 집에서 다른 메뉴는 시킨 적이 없다.

안다.

사실은 나도 안다.

이렇게 이런저런 기억의 단편을 주워모아 사 년간을 이야기하는 척하지만, 실은 지나야 할 곳을 우회하는 것이다. 나는 중요한 부분을 건드리기를 겁내고 있다. 기피하고 있다. 싫어하고 있다.

사람은 바로 그런 이유로 아무려나 상관없는 세부에 대해 이야기하는 것이다.

미국에 P라는 잡지가 있다.

요는, 그 뭐냐, 성인 남성을 위한 잡지다. 야한 화보가 많고, 미스 9월이니 미스 10월 같은 이름으로 전미에서 선발된 언니들의 망측한 모습이 매달 핀업으로 실린다. 요즘은 이런 핀업 사진을 직장 책상 앞에 붙여놓기만 해도 성희롱으로 고소당한다.

당시 일본은 역시 경기가 좋았는지, 내가 한 스무 살 때 그 잡지의 일본판에서도 미스 나가즈키인지 미스 간나즈키*인지를 선발하게 되어 미국 본토의 유명 카메라맨이 핀업을 촬영한다고 해서 큰 화제가 됐던 기억이 있다. 기획은 수년간 이어졌지만 비난도 상당히 거셌다. 그중에서도 내가 꽤 좋아했던 K양은 건실한 회사의 여사원이었는데 잡지에 나오자마자 해고되었다. 회사를 떠날 때 동료도 상사도 그렇게 차가울 수 없었다는 코멘트를

* 각각 음력 9월, 10월.

읽고 딱하게 생각했다.

그러니까 즉, 나도 한때 P를 자주 구입했다. 당시는 아직 젊은 처자였으니 P를 사는 게 창피해서 늘 여성지나 〈피아〉*와 함께 계산대에 올려놓는다고 하자, 동아리 선배는 꼭 랩을 씌운 포르노 사진집을 사는 고등학생 같다며 웃어댔다.

그러나 내가 P를 산 것은 딱히 미스 간나즈키를 보고 싶어서가 아니었다(아니, 조금은 보고 싶었지만. 특히 K양은).

P라는 잡지에는 결코 망측한 언니들만 나오는 것이 아니고 꽤 진지한 기사도 있다. 그중에서도 제법 읽을 만한 긴 인터뷰는 이 잡지의 명물로, 이 잡지에 인터뷰가 실린다는 것은 대단한 명예로 여겨진다.

내 목적은 그쪽이었다.

스티븐 킹도 무명 시절에 P와의 인터뷰를 꿈꾸었다고 한다. 본인이 그렇게 말한 기사도 열심히 읽었다. 킹의 인터뷰로 P와의 인터뷰가 성공의 상징임을 다시금 확인했다. 실제로 P에는 베스트셀러 작가나 영화감독의 인터뷰가 곧잘 실렸으므로 창피를 무릅쓰고 자주 구입했던 것이다.

---

* 일본의 연예 정보 잡지.

원래 책 읽기를 좋아했다. 아니, 활자 중독에 가까웠을지도. 책, 잡지, 신문, 광고지, 팸플릿, 뭐든 가리지 않고 읽었다.

문학소녀였다기보다, 대중문학을 포함해 장르를 별로 따지지 않고 닥치는 대로 읽었다.

그래서 대학을 영문과로 갈까도 생각했었고 영어 원서 페이퍼백을 읽는 로망도 있었지만, 번역을 한다든지 번역 작품을 연구하는 내 모습은 상상이 잘 되지 않아서, 모두 일본문학과 관련된 학과에 원서를 냈다. 결국 전공은 근대문학이다.

근대문학이라는 말은 꽤나 막연한 단어라고 생각한다. 나는 문호文豪계라고 부른다. 졸업논문은 다니자키 준이치로였다.

옛날 문호는 대단하다. 다들 전집이 나와 있고, 게다가 분량도 엄청나다. 책꽂이가 꽉 찰 정도. 용케 그렇게 많이 썼다. 죄 손으로 썼을 텐데.

작품이 많지 않은 사람은 대개 요절한 경우로, 가지이 모토지로가 서른한 살, 나카하라 주야가 서른 살, 히구치 이치요는 스물네 살에 죽었다! 아까워라!

뜻밖인 것은 나쓰메 소세키도 그렇게 작품을 많이 썼는데 마흔아홉 살에 죽었다는 사실이다. 젊은 나이다. 좀더 장수했을 것 같은데.

역시 재미가 없으면 싫다.

소설은 읽을 때 재미가 있어야 한다. 책 속에 빠져들어 자기가 책장에 몰입하고 있다는 것을 느낄 수 있을 정도가 아니면 싫다. 휘둘리고 싶다. 압도적인 테크닉과 강렬한 세계관에. 영악한 악녀가 아니라 진정한 팜므파탈을 만나고 싶은 것이리라.

입학하고 처음에는 두 동아리에 나가다가 결국 하나로 줄였다.

얼마 동안은 제대로 된 학술 독서 동아리에 갔었는데, 뭐랄까, '연구'로 텍스트를 읽는 데 익숙해질 수 없었다고 할지, 대학원 진학을 염두에 둔 사람들끼리 모여 논문의 대상으로 텍스트를 다룬다는 데 이질감을 느끼고 그만두었다.

또 한 곳은 미스터리나 SF를 좋아하는 사람들 사이에서는 유명한 동아리였다. 전통이 있고, 편집자와 평론가를 잔뜩 배출한 동아리. 다른 대학에서 온 사람도 많고 워낙 규모가 커서 좌우지간 책 이야기를 실컷 하고 일 년에 몇 차례 동인지만 내면 되는 곳이었다.

문학부 라운지에 가면 늘 누군가 있었고, 그길로 술을 마시러 가는 일도 많았다. 하지만 완전히 고정 멤버가 되지는 못했다. 준 고정 정도.

옛날부터 그룹의 중심에 잘 끼어들지 못했다.

아니, 그렇다기보다 무의식중에 안으로 들어가기를 거부하는 타입이었다.

내가 저 깊은 곳까지 완전히 들어가지 못할 것을, 푹 빠지지 못할 것을 알기 때문이었다. 나는 오타쿠가 될 수 없다. 컬렉터도 될 수 없다. 뭔가를 좋아해서 열중하다가도 한 팔십 퍼센트 되는 지점에서 열중해 있는 자신이 싫어지고 열이 식어버린다. 그래서 고정이라든지 중심 멤버라는 게 불편하다. 어떤 일을 적극적으로 추진하는 일이나 기획이며 입안 같은 것도 못 한다. 그런 일을 자연스럽게 할 수 있는 사람은 예나 지금이나 순수하게 존경한다.

그러는 한편 외국 미스터리를 전부 원서로 읽는 괴물 같은 선배, 존 딕슨 카의 전작을 독파하겠다는 남학생이 좋아하는 책에 관해 눈을 빛내며 이야기하는 것을 듣고 있노라면 즐거웠다. 내가 정열을 날로 드러내지 못하는 만큼 다른 사람이 뭔가에 정열을 쏟는 것이 좋아 보인다. 아마 나는 자학적인 면이 있어서, 내가 그럴 수 없는 데 소외감을 느끼면서도 그것을 동경하는 상황이 마음에 들었던 건지도 모른다.

아키코도 언뜻 보면 쿨한 것 같은데 영국문학 지상주의에 관한 한은 절대 양보할 수 없는 모양이었다. 동기 중에 미국 SF를 무척 좋아하는 오사나이(좋은 애다)와 곧잘 싸움 나기 일보 직전의 분위기로 논쟁을 벌였다. 아키코가 '하인라인 따위 후기에 가선 길이만 자꾸 길어지고 죄 쓰레기 같은 작품뿐이잖니' (미국 SF도 읽다니 대단하다)라고 하면, 하인라인을 사랑해 마지않는 오사나이는 대꾸도 못 하고(실은 그도 그렇게 생각했을 것이다. 하지만 못난 자식일수록 예쁘다는 말이 사실인 듯, 오사나이는 스페이스 오페라와 더불어 하인라인을 깊이 사랑했다) 순식간에 눈물을 글썽거리고 말았다.

아, 아키코가 울렸다, 아키코가~ 오사나이를~ 울렸대~요, 울렸대~요, 하고 다같이 초등학생처럼 놀려대면 아키코는 당황한 표정으로 '그렇다고 울 것까진 없잖니, 『꼭두각시의 비밀』은 좋아, 『꼭두각시의 비밀』은' (『여름으로 가는 문』을 들지 않는 점이 아키코답다) 하고 수습하듯 말하는 게 우스워서 다들 참지 못하고 키득키득 웃었다. 나는 그런 아키코가 좋았다.

정말 나는 바보였다.

너무너무 어렸다.

대학생이라는 존재는 좀더 어른일 줄 알았는데, 예전에 고등학생은 좀더 어른일 거라 생각했던 것과 마찬가지로 알고 보니 어른이 아니었다. 책이나 영화에서 보던 열일곱 살도 실제로 되고 보니 대단히 시시했던 것처럼, 스무 살은 그보다 한층 더 별볼일 없었다.

사귄 사람이 없지는 않았지만 그냥 자연소멸되었고, 지금은 무슨 말을 주고받았는지도 잘 생각나지 않는 것을 보면 그저 풍경을 메우는 커플의 반쪽으로 서로를 이용한 데 불과했을 것이다.

게다가 짧은 인생에서 사랑하는 사람을 그렇게 몇 명씩 만날 수 있을 것 같지도 않다.

엣짱이 한 말에 끼워 맞추려는 것은 아니지만, 나는 술집에서 아르바이트를 했다.

정확히 말하면 낮에는 다방이다가 밤에는 바가 되는 가게로, 종착역 철교 밑으로 늘어선 음식점 골목 맨 안쪽에 있었다.

단골손님과 대학 스포츠 동아리 동문들로 붐비는 금요일과 토요일 밤에 여섯 시간씩, 시급 팔백 엔이었으니 꽤 좋은 조건이었다고 생각한다.

가게에 익숙해지고부터는 자기 술을 한 잔씩 주는 단골도 몇몇 생겼다. 그중에 책을 좋아하는 손님이 있어서 지금도 잊지 못하는 한무라 료의 『요성전妖星戰』 여섯 권을 빌려주기도 했다. 전기傳奇소설은 그 전에도 좋아했지만 이 작품은 특히나 충격이었다.

마스터는 평소 말수가 없는 사람이었으나 영업이 끝난 뒤 술을 마시기 시작하면 이런저런 이야기를 하는 것이 재미있었다. 이런 하드보일드한 가게를 하면서 하드보일드를 싫어해 술만 들어가면 늘 하드보일드가 얼마나 글러먹었는지 늘어놓곤 했다.

그러고 보니 일본항공 점보기가 행방불명됐을 때도 마침 아르바이트를 하는 날이었는데, 추락 지점이 밝혀지기 전이라 평소에는 틀지 않는 텔레비전을 틀고 다함께 봤던 기억이 있다.

지금도 인상에 남아 있는 일은 마스터가 허리를 삐었을 때인데, 나는 그때 난생처음 허리를 삔 사람을 봤다. 정말로 꼼짝도 못 한다는 것을 처음 알았다. 구급차를 부르느냐 마느냐 한바탕 난리가 났으나, 결국 한 단골이 마스터를 업어서 집까지 데려다주고 가게 일은 당시 아직 대학생이던 아드님이 대신 맡았다.

이제 그만 됐다고 하는 사람도 있으리라.

아무 일도 일어나지 않는 내 학창 시절의 추억이 장황하게, 단편적으로 소개되는 것에 싫증났다 해도 어쩔 수 없다. 정말로 완벽하게 평온하고 어리석고 무위한 나날이었으니까.

그러나 아직 나에게 흥미가 있다면, 개인이 운영하는 술집이 늘어선 좁은 골목 안쪽, 아담하고, 커다란 창이 시원스러운 이 가게에서 어떤 사건이 일어났음을, 지금까지 있는 대로 우회하고 샛길로 빠졌던 내 이야기가 이제껏 회피해온 부분을 건드리려 한다는 것을 알아주기 바란다.

그것은, 이런 것이다.

……가 아니라. '그것은 이런 것이다'라고 써놓고 또다시 주저하고 만다.

왜 이렇게 저항감이 드는지 나도 잘 모르겠다. 대단히 사소한 사건이고, 듣고 나면 정말이지 뭐가 그렇게 말하기 힘들었냐고 어이없어할 법한, 실로 단순한 일인데.

단골도 가지각색이라 매일같이 오는 사람, 정확히 일주일에 한 번 오는 사람, 올 때는 연거푸 오다가 어느 날 갑자기 발길을 뚝 끊고 공백기를 두는 사람, 잊어버릴 만하면 나타나 시끌시끌하게 퍼마시고 사라지는 사람 등 다양한 이들이 있었다.

그 손님은 반년에 한 번쯤 혼자 와서는 카운터에 진을 치고 앉아 있었다. 나이는 사십대 후반쯤.

옷을 잘 입은 스마트한 느낌의 회사원이었는데, 늘 스리피스를 단정하게 입고 와서는 마스터와 나와 함께 온화하게 이야기를 나누다 돌아갔다. 나는 이 사람이 재킷을 벗은 모습을 보고 스리

피스의 조끼는 등 부분 옷감이 반들반들하다는 것을 알았다.

그는 올 때마다 위스키를 온더록으로 마셨다. 나타나는 시간대로 봐서는 이미 어디서 한잔하고 오는 게 분명했으니 술이 꽤 센 편이었는데, 안주로 꼭 초콜릿을 시켰다.

가게에서 쓰던 것은 대중적인 허쉬의 키세스 초콜릿으로, 은박지에 싼 키세스 초콜릿을 열 개 정도 록 글라스에 담아냈다.

이 손님은 위스키도 잘 마셨으나 초콜릿도 잘 먹었다. 꼭 초콜릿을 추가로 시키는 게 인상적이었다. 단것을 좋아하는 건지 술을 좋아하는 건지 알 수 없는 사람이었다.*

지금은 나도 많은 경험을 통해 위스키와 초콜릿이 잘 어울린다는 것을 알지만, 당시는 마스터나 나나 '용케 저렇게 초콜릿을 많이 먹는다'며 감탄하곤 했다.

어느 날 밤, 대학 동아리의 단체 손님이 돌아간데다 단골들이 오기에는 아직 이른 시간이라 한산하던 가게에 이 손님이 찾아왔다.

여느 때처럼 초콜릿을 안주 삼아 위스키를 마시던 그는 불현듯 나에게 학부와 전공을 물었다.

문학부에 일본문학 전공이라고 대답하자 그는 왜인지 이렇게

---

* 일본에서는 단것을 좋아하는 사람은 술을 좋아하지 않는다고 생각하기 때문.

말했다.

"그럼 장차 그거군, 작가가 되겠군. 글 쓰고 있겠지?"

돌이켜 생각해도 참 이상한 질문이다.

그가 문학부 학생은 누구나 작가가 되고 싶어한다고 생각했다는 것이 우선 이상하다. 내신 등급으로 '갈 수 있는 학부'가 나뉘던 당시의 입시 시스템을 몰랐을 것 같지는 않은데. 어쩌면 농담이었을지도 모르지만, 그때까지의 경험으로 보건대 이 손님은 늘 대단히 진지한데다, 아마도 좋은 환경에서 자란 탓이겠지만 꽤 멋 부린 말, 낯간지러운 말을 아무렇지도 않게 해치우는 타입이었다.

그런 그가 딱 잘라 '글 쓰고 있겠지?'라고 사뭇 당연하다는 듯 묻는 바람에 나도 무심코 반사적으로 대답하고 말았다.

"아뇨, 아직요."

그 대답을 듣고 마스터가 놀란 얼굴로 나를 바라봤던 기억이 있다.

아뇨, 아직요.

왜 그런 대답을 했을까.

대답하고 나서 나는 생각에 잠겼다.

'아직'이라는 말은, 지금은 아직 쓰지 않지만 언젠가는 쓰겠다는 의미 아닌가.

그 말은 즉, 언젠가 작가가 될 생각이라는 뜻 아닌가!

자신의 뻔뻔함에 남몰래 얼굴을 붉혔다.

창피한 줄도 모르고 잘도 남 앞에서 그런 말을 한다고 스스로를 야유했다.

하지만 그날 집으로 돌아가는 길에 나는 어렴풋이 나 자신에게 의문을 품었다.

혹시 본심일까.

단호하게 대답했던 그때의 놀람이 아직 몸속에 남아 있었다.

그 손님 눈에는 내가 그렇게 보였을까. 혹시 내 잠재적 욕망을 꿰뚫어봤나? 그 때문에 그렇게 확신을 갖고 질문했을지도 모른다. 그래서 나도 무의식중에 마음속 깊은 곳에 있던 충동을 정직하게 시인하고 말았는지도 모른다.

아무튼 나는 '아뇨, 아직요'라고 대답했다. '아무리요'라든지

'말도 안 돼요'라든지 '문학부라고 다 그런 건 아니에요'가 아니라.

그것 봐라, 정말 아무것도 아닌 사건이지 않나?

하지만 지극히 개인적이고 사소한 이 사건이 훗날, 흥미가 있으실 지금의 나로 이어지는 작은 포석이 된 것은 분명하다.

우리 동아리에는 오랜 전통을 가진 동인지가 있었다. 일 년에 두세 번, 축제 때만 필수고 나머지는 부정기 간행. 물론 누구나 기고할 수 있었고, 매번 정력적으로 글을 싣는 사람도 있었다.

교토 대학 미스터리 연구회를 비롯해 간사이 지방의 대학 미스터리 연구회는 많은 미스터리 작가를 배출하는 것으로 유명하지만, 우리를 포함한 간토 지방 대학들은 굳이 따지자면 평론 위주였다. 동인지 내용도 평론이나 에세이가 대부분이었다.

나는 딱 한 번 썼다. 그것도 신입생 환영 특집호라는 정체 모를 기획에. 타이틀로 보건대 매년 하는 건가 했더니 그런 것도 아니었다. 그냥 그해 총무의 아이디어였던 모양이다.

신입생에게 선배의 명령은 절대적이다. 쓰라고 하면 반드시 써야 한다. 분명히 모든 신입생이 쓸 것이라 생각했으므로 일단 의무감으로 써봤는데, 에세이도 아니고 평론도 아닌 괴상야릇한 글이 되었다. 하지만 막상 동인지가 나오고 보니 신입생 중에 글을 쓴 사람은 몇 명뿐이라 김이 새서 그뒤로는 한 번도 쓰지 않았다. 아무것도 몰랐기 때문에 쓸 수 있었던 것 같다.

수업 과제로 글을 쓸 때는 마음이 편했다. 모두가 써야 하기 때문이다. 아무튼 자발적으로 뭔가를 쓰려면 마음이 무거웠다. 그것도 지금 생각하면 과도한 자존심과 자의식 탓인 듯하다. 아무도 나를 주목하지 않고, 내가 쓰는 글 따위에 관심 없는데.

글을 쓴다는 것은 업이다.

아니다. '업'이란 말은 지나치게 엄숙하고 위엄 있고 멋지다.

수정하자. 글을 쓴다는 것은 버릇이다. 그만두려 해도 그만둘 수 없고, 별로 칭찬할 것이 못 되고, 주의를 받으면 잠깐은 고쳐지지만 얼마 안 가 도로 나오는 나쁜 버릇 같은 것이다.

나는 늘 오른쪽 신발 바깥쪽이 이상하게 빨리 닳는데, 그것과 마찬가지다.

신발이 닳는 방식이나 마찬가지로 교정할 방도가 없는 정신생활상의 버릇. 구강염이 생기는 부위가 늘 같은 것처럼, 뭔가 불쾌하게 질금거리는 것이 스며나와 혀로 건드려보지 않고는 배기지 못한다.

그렇기 때문에 그냥 내버려둬도, 못 쓰게 막아도, 돈 한 푼 못

벌지라도 쓰는 사람은 쓴다.

이 일을 하게 된 이래로 대학 때 친구(그것도 하나같이 남자)를 만나면 은밀한 고백을 받는 일이 많아졌다.

'나도 쓰려고 했는데.'

'진로를 결정할 때 문필업과 지금 하는 일을 놓고 고민했지만, 약혼자도 있고 해서 현실적인 생활을 선택했다.'

개중에는 '내가 해야 할 일을 어째서 너 따위가 하고 있느냐'고 증오를 표출하는 인간까지 있었다. 과연 그 손님 말이 맞았다. 문학부에 들어오는 사람은 작가가 되고 싶은 마음이 있는 것이다. 그렇지만 남모르는 소망을 가진 사람이 이렇게 많을 줄은 미처 몰랐다.

아닌 게 아니라 나 따위보다 그들이 이 일에 훨씬 잘 맞았을지도 모른다. 박람강기하고, 두뇌가 명석하고, 날카로운 비평안을 가졌다. 모두 나에게는 없는 자질이다.

그러나 그들보다 내가 더 나은 것이 있다면, 나에게는 이 일이 '버릇'이라는 점이다. 아마 그냥 내버려뒀어도 내용이나 형식에 상관없이 계속 글을 썼을 것이다.

쓰는 사람은 내버려둬도 쓴다. 일을 하든, 결혼을 했든, 싱글파더가 됐든.

그들은 쓰지 않는다. 그러니 원래부터 쓰지 않는 인간이었던 것이다.

학교에서 역까지 큰길을 걸어가는 것이 일과였다.

걸으면 삼십 분쯤 걸리는데, 아침에 지각하고 싶지 않을 때만 버스를 타고 그밖에는 한결같이 걸었다. 걷는 것은 전혀 힘들지 않았지만 그렇게 걷다가 자꾸만 길가에 있는 헌책방이나 다방에 들르곤 했다.

헌책방 밖에 나와 있는 백 엔 균일가 칸을 순서대로 훑어보다 보면 시간이 금세 지나갔다. 매일 수많은 학생이 지나다보니 진열된 책이 나날이 바뀐다. 똑같아 보이는 책꽂이도 미묘하게 달라져 있다. 무심결에 한두 권 사서는 요리조리 뜯어보고 다방에서 읽었다. 커피 값은 아깝지 않은데 라면이나 볶음밥을 먹는 것은 어쩐지 매우 아깝게 느껴졌다.

그 결과 학창 시절에는 매우 말랐었고, 매일 들어가는 헌책 값과 커피 값 덕분에 아무리 아르바이트를 해도 돈에 쪼들렸다.

한번은 집에서 돈을 보내줄 날이 아직 일주일이나 남았는데, 어째선지 집 안에 있는 돈을 탈탈 털어도 삼백 엔밖에 안 되었던 적이 있었다. 대체 어디에 썼는지는 기억나지 않는다. 하드커버 신간이라도 샀나. 무슨 자료였나. 아니면 평소에는 좀처럼 사지 않는 옷이나 구두를 샀는지도 모른다. 이러니저러니 해도 매달

예산 내에서 이럭저럭 생활했던 기억이 있으니, 가외의 지출이 있었던 것은 분명하다.

그런 상황에 '소방서 쪽'에서 '집주인에게 허락을 받았다'며 소화기 파는 사람이 찾아왔다.

젊은 남자였고 양복을 입긴 했다. 묘하게 담담한 태도였다. 정확히 얼마였는지는 잊어버렸지만 꽤 비쌌던 것 같다. 유창하게 설명하더니 이렇게 선언했다.

"그럼, ×천구백 엔 주십시오."

그는 당연하다는 듯이 말했다. 아래 세 자리가 구백 엔이었다는 것은 기억난다.

나는 현관에 멍하니 서 있었다.

두 사람 사이에 묘한 침묵이 흐르는 가운데, 이게 영화였다면 이미 사랑에 빠졌대도 이상할 것 없을 만큼 빤히 마주 보았다.

마침내 그가 의아한 표정을 지었다.

"저, 지금 삼백 엔밖에 없는데요."

내가 정직하게 그렇게 말하자 남자는 할 말을 잃은 듯했다. 놀랍게도 내 말이 거짓이 아님을 검소한 현관과 소박한 시골 처녀의 풍모를 보고 순식간에 간파한 것 같았다.

그는 흥 코웃음을 치더니 '이 가난뱅이가' 하는(분명히 속으로 그렇게 말했을 것이다), 악덕 탐관오리처럼 경멸과 연민이 어린 시선을 던지고 말없이 나가버렸다.

마침 그날 하코가 훌쩍 나타났다. 이 이야기를 하자 요란하게 웃어댄 뒤 문득 정색을 하고 "하지만 미사코는 난민의 손수건을 샀단 말이지. 집에 돈을 많이 안 두는 게 좋을지도 몰라"라고 중얼거렸다.

미사코는 당시 하코가 사귀던 여자친구였는데, 걱정스러울 정도로 순진하고 착한 애였던 모양이다. 어느 날 그녀의 집에 있는데, 난민 지원을 위해 난민이 만든 손수건을 판다며 젊은 여자 둘이 찾아왔다고 한다. 설마 사지야 않겠지 하는데 미사코가 '그럼 두 장' 하고 덜컥 사는 걸 보고 기겁했다는 것이다.

하코는 그래봬도 의심이 많은 성격이라, 길거리에서 하는 수상한 모금이나 신흥종교, 새로운 수법의 다단계 판매 같은 것에 대단히 민감하고 또 엄격했다. 당시 문제가 되던 컬트종교 단체가 대학 구내에서도 활발하게 포교 활동을 벌였으려니와, 어느 대형 교단을 규탄하는 전문 동아리까지 있어 이따금 충돌이 벌어지기도 했다.

하코는 초라하고 작고 절대 물기를 흡수할 성싶지 않은 손수건을 들고 방으로 돌아온 미사코를 당연히 나무랐다. 손수건은 한 장에 오백 엔이나 했다. 게다가 한 장에는 'KYOTO' 라는 글자와 무늬가, 다른 한 장에는 'NAGOYA' 라는 글자와 황금 샤

치호코*가 수 놓여 있었다.

"왜 그런 걸 사는데?"

"난민이라잖아."

"어디 난민인데, 어디 난민? 왜 난민이 교토랑 나고야인데?"

그리하여 두 사람은 대판 싸웠다고 한다.

하코도 그 사람도 같은 대학이었건만 이상하게도 캠퍼스에서 마주친 적이 없다. 같은 고등학교에서 진학했을 꽤 많은 다른 동창생들도 마주치지 않았으니 당연하다면 당연한가. 도로를 사이에 두고 건물이 몇 군데로 분산되어 있는 탓도 있고, 활동 영역이 달랐던 탓도 있을 것이다.

대학 시절, 시간은 술술 잘도 흘러갔다.

고등학교 때처럼 꽉 짜이고 농밀한 시간과는 달랐다. 그렇다고 사회로 나온 뒤처럼 고여 있거나 탁하거나 물살이 세거나, 무수하게 많은 지류로 갈라진 황파荒波의 소용돌이 속에 있는 것도 아니고.

---

* 물고기 몸통에 호랑이 머리가 달린 상상 속의 동물. 액막이로 이를 본뜬 모형을 성 같은 큰 건물의 지붕 양끝에 장식했다. 일본 각지에서 볼 수 있지만 나고야성의 황금 샤치호코가 특히 유명하다.

시간은 철저히 누구도 아랑곳하지 않고 맑고 거침없이 흘러갔다. 소중한 것이 옆에서 흘러가버려도 알아차리지 못할 만큼.

사 년간, 머리 모양이 꽤 많이 바뀌었다. 길러서 파마하고 자르고 파마하고 길렀다가 또 잘랐다.

'여대생'의 머리 모양 외에는 라면머리와 상고머리라는 양극단의 헤어스타일이 유행했다. 아키코도 한때 상고머리를 했는데, 머리통이 잘생기고 이목구비가 뚜렷한 그녀에게 잘 어울렸다. 남자들은 '무섭다'며 별로 좋아하지 않았다. 나도 해보고 싶었지만 '니레자키 씨 같은 모발에는 맞지 않으니 안 하는 게 좋다'며 미용사가 극구 말렸다.

학교가 있는 역 근처 미장원에 다녔다.

그곳에 우타 씨라고 커트를 아주 잘하는 젊은 남자가 있었다. 장인 기질이 있는 약간 특이한 사람이었다. 나이는 아마 나와 비슷했을 것이다. 다른 미용사들은 여자 손님이 많았는데, 그 사람을 기다리는 손님은 죄 남자였다. 그것도 덩치 큰 독일인, 몸집이 작은 미국인 등 외국인 남자가 많아, 늘 느긋하게 우타 씨가 커트해줄 차례를 기다리고 있었다.

전 말이죠, 다니우치 로쿠로의 그림이 엄청 무섭더라고요. 그 왜, 〈주간 신초〉 표지 그리는 사람. 그 그림을 보면 정말 오줌을

지릴 것처럼 무섭거든요. 이유가 뭘까요.

이따금 그가 그런 말을 하길래 미스터리 연구회의 명예를 걸고 생각해보았다.

흔해 빠진 이야기지만, 유년기의 트라우마가 아닐까. 둘둘 만 〈주간 신초〉로 얻어맞는 벌을 받았다든지. 아니면 끔찍한 교통사고를 목격했는데 운전석에 피로 물든 〈주간 신초〉가 있었다든지. 키우던 고양이가 〈주간 신초〉 표지 위에서 죽었다든지. 아니면 자기를 괴롭히던 아이 이름이 다니우치 로쿠로였다든지. 다니우치 씨 집에 돌림판을 들고 갔다가 안방에서 로쿠로 목*을 봤다든지. 내 상상력 따위 어차피 옛날부터 이 정도 수준이었다.

물론 그는 모두 아니라고 단번에 부정했다.

전 말이죠, 돈을 모으면 고향인 세토 내해에 내려가서 해변에 미장원을 열고 싶어요. 손님 의자가 하나뿐인 작은 미장원. 저 혼자 하는 거죠. 손님은 완전 예약제로 하루에 세 명 정도만 받아요. 전국에서 단골손님이 찾아오고요. 거울엔 늘 하늘을 나는 갈매기가 비치는 거예요. 그런 곳에서 미장원을 하고 싶어요.

흠, 좋을 것 같은데요.

나는 그 장면을 상상했다.

---

* 목이 자유자재로 늘었다 줄었다 하는 괴물.

해변의 작은 미장원. 분명 아무런 장식 없는 콘크리트 건물에 벽에는 담쟁이가 덩굴진 무덤덤한 가게일 것이다.

독일과 미국에서 덩치 큰 독일인이며 몸집이 작은 미국인이 찾아와 '헤이, 우타, 잘 있었어?' 하며 가게에 들어온다. 우타 씨는 '오브 코스' 라고 대답하며 자리로 안내한다.

미장원은 해안 도로변에 있고(길가에 칸나와 해바라기가 피어 있으리라), 밖에는 갈매기와 괭이갈매기가 우짖으며 날아다닌다. 커다란 창을 통해 어둑어둑한 가게 안 거울 속을 M자 모양 갈매기가 가로지른다.

아는 사람만 아는 미장원. 세계 각지에서 VIP가 은밀히 찾아온다. 이윽고 가게 앞에 버스 정류장이 생긴다. 'UTA네 가게 앞.' 손님을 노리고 여관과 요정, 해중 온천도 생긴다. 크루저를 타고 오는 아랍의 임금님을 위해 근처에 선착장도. 아는 사람만 아는 미장원이 아는 사람만 아는 리조트로. 십 년 뒤에는 명예시민이 된다. 현 지사가 감사를 표하러 올지 모른다. 지역의 이름을 알린 데 대한 사례로 생선을 마음껏 먹게 해준다.

내가 상상한 바를 설명하자 우타 씨는 어깨를 부들부들 떨더니 이윽고 커트도 못 하고 배꼽을 쥐고서 미친 듯이 웃어댔다.

지금은 다른 사람이 〈주간 신초〉의 표지를 그린다.

아르바이트하는 가게에서 '아뇨, 아직요'라고 대답하며 혹시나 하는 의심을 품기는 했으나, 역시 대학 때는 아무것도 쓰지 않았고 쓸 마음도 없었다. 과제를 소화하고, 독서 일기를 쓰고, 이따금 잡다한 감상 비슷한 것을 쓰기는 했지만. 뭔가 '글을 쓴다'는 자각은 없었다.

내가 생각해도 어지간히 질질 끈다 싶다.

계속 우회만 하는 이야기를 불편하게 생각하면서도 여태껏 목적지로 향하지 못하고 빙빙 돌고 있는 나 자신이 참 어이없다.

이제 와서 뭘 그러느냐고 스스로를 놀려본다. 내가 어떤 일을 하는지 세상에 이미 다 알려져 있는데 새삼 주저할 게 뭐 있느냐고.

하지만 그래도, 최면에 걸려서도 고백하기를 망설이며 고통에 얼굴을 일그러뜨리는 환자처럼, 나도 될 수 있으면 그 부분을 건드리고 싶지 않은 심정이다.

그런 건 아무래도 상관없지 않느냐고, 현재의 결과만 보면 되지 않느냐고 버텨도 본다.

하지만 이 일을 하는 나는 한번 이야기를 시작하면 끝까지 해야 한다는 것 역시 누구보다 더 잘 알고 있다. 책은 첫 장을 넘기면 끝까지 읽어야 한다. 그러고 보니 나는 책을 읽다 중간에 그만둔 적이 아마 지금까지 한 번도 없는 것 같다.

이시자카 요지로를 처음 읽은 것은 중학교 때였을 것이다.

이름도 어째 굉장하지만, 소설도 굉장했다. 대놓고 햇볕이 쨍쨍 내리쬐는 청춘소설. 책 제목과 표지 분위기부터 어찌나 환한 청춘의 빛을 발산하는지 눈부셔서 손에 들기가 주저될 정도였다.

『그애와 나』.

맨 처음 집어들었고, 지금도 내용을 기억하는 책이다.

구김살 없이 반듯하게 자라 세상에 대한 자신감과 신뢰로 가득 찬 그 세계 앞에서 나는 쑥스럽고 주눅이 들었다. 어지간한 순정만화도 이렇게까지 하기는 힘들다.

여주인공도 반짝반짝 빛이 나는 무적의 아가씨. '여대생'으로 심야 프로그램에 출연할 수 있을 성싶다. 새침하고, 건방지고, 분명 미인일 것이다. 솔직하지 못한 성격에는 유일하게 공감했지만 내가 그렇게 그럴듯한 대사를 할 수 있을 리 없다. 솔직하지 못한 성격이라면서 '알고 보면 외로움을 타는 귀여운 소녀랍니다' 하는 오라를 교묘하게 발한다. 행복을 확실하게 손에 넣을 듯한 것도 아가씨답다. 나 따위는 도저히 상대가 못 된다.

제목도 굉장하다. 세상의 중심에 있는 것은 사랑을 외치는 그애와 나. 자기 존재에 대한 절대적 자신감이 넘치지 않나.

그뒤로 『사랑받는 까닭』이라는 책이 인구에 회자됐을 때도 제목에 기절초풍했는데, 이건 수동태로 자신의 절대적인 존재 중심을 알아보기 어렵게 꾸미는 교활한 수단을 쓴 것이라, 『그애와 나』의 떳떳하면서도 해맑은 명랑함이 그리워졌다.

결국 세상은 무수한 '그애와 나'로 이루어져 있다.

나나 그 사람이나 무수한 '그애와 나' 중 하나고, 게다가 결코 다른 '그애와 나'가 될 수는 없다.

그건 분명히 기뻐해야 할 일일 것이다. 근사한 일일 것이다. '나만의' '다른 어떤 것과도 바꿀 수 없는' 것이니까.

하지만 유일하다는 사실이 때로 견디기 힘들 만큼 괴로웠던 이유는 뭘까.

사 년의 대학 생활 한가운데서 스무 살이 된다는 것은 어쩐지 얼렁뚱땅 어른이 되는 기분이다. 모두 동시에 나이를 먹는 것도 아니니,* 중간 구간의 차표를 사지 않고 목적지까지 와버린 양 떳떳지 못한 기분도 든다. 어른이 됐다고 해도 경제적으로나 정

* 일본에서는 생일을 기준으로 만 나이를 센다.

신적으로나 부모의 보호 하에 있으니 아무런 실감도 없다.

세월을 실감한 것은 성인식에 참석하지 않았던 이듬해 봄이었다.

대학에 입학한 해 봄에 해방감을 만끽하며 어둠 저편으로 봤던 하얀 목련은, 시간이 지나자 반들반들했던 새하얀 꽃잎이 갈색으로 변해서는 땅에 뚝뚝 떨어졌다.

그맘때면 이웃에 사는 집주인이 아침마다 부지런히 꽃잎을 쓸었지만, 하얀 새의 시체 같은 꽃이 매일 지면을 뒤덮는 모습은 정말이지 무참하고 어딘지 모르게 측은했다.

창 밑으로 목련의 송장을 내려다보고 있노라면, 지나가버린 시간과 진보 없는 자신의 무위함이 눈앞에 들이밀어지는 것만 같았다.

그럼 대체 언제였을까.

그 순간은.

졸업논문은 죽어라 썼다.

주제는 앞에서도 말했듯 다니자키 준이치로였는데, '다니자키와 도시론' 같은 것을 썼다. 도쿄와 교토의 차이 및 그것이 작품에 미친 영향에 관해 쓴다고 썼는데, 교토 쪽은 그리 깊이 파고들지 못했다.

마감일까지 시간이 모자라는 통에 제출을 앞둔 마지막 일주일은 제대로 눕지도 못하고 책상에 엎드려 눈을 붙였다.

꾸벅꾸벅 졸다보면 다니자키 준이치로가 꿈에 나왔다. 빡빡머리에 기모노를 입고 서안書案 앞에 앉아 있었다.

나올 때마다 어쩐지 구시렁구시렁 잔소리를 했던 기억이 있다. 지금이 자고 있을 때냐, 일어나서 써라, 라고 했으면 대단하겠으나, 무슨 말을 하는지 전혀 알아들을 수 없었다.

하지만 이상했다. 장지문 너머인 것이다. 다니자키는 서안 앞에 앉아 장지문 밖에 있는 나를 야단치고 있었다. 당연히 나는 흐릿한 그림자 상태로, 거기 있다는 것은 알겠는데 얼굴이 보이지 않았다. 나는 다니자키의 뒤쪽에서 그걸 보고 있는 것이다. 꿈은 참 이상하다.

이런 게 음예예찬*일까. 어두운 쪽이 아름답게 보인다는 의미? 연속되는 철야로 며칠째 거울을 보지 않았어도 내 몰골이 흉하다는 것을 자각하고 있었던 까닭에, 꿈속에서도 자신의 모

* 陰翳礼讃, 아직 전등이 없던 시절의 미적 감각에 대해 논한 다니자키 준이치로의 수필 제목. 국내에는 '그늘에 대하여' 라는 제목으로 소개되었다.

습을 직접 대면하기를 피했는지도 모른다.

대체 어디까지 거슬러올라가야 할까, 그 순간은.

당시 졸업논문의 최소 분량은 팔십 장. 정서하는 데도 꽤 시간이 걸린다. 가까스로 초고를 완성하고 안도해서 잠시 쉬다가 깜박 잠이 들고 말았다.

정신을 차리고 보니 여섯 시간 뒤였다.

허겁지겁 정서를 시작했는데 생각보다 시간이 걸려서 새파랗게 질렸다. 중간에 만년필 잉크 카트리지가 떨어지지를 않나. 그때는 편의점도 없었다.

죽어라 쓰고, 쓰고, 또 썼다. 제본도 해야 했고.

지금은 워드프로세서, 아니, 어쩌면 이메일 제출이려나.

그건 대체 언제부터였을까.

두근거리는 가슴으로 서점에서 대학별 입시 기출 문제집을 집어들었을 때부터인가.

살며시 책장을 넘기고 학과를 확인했을 때부터인가.

접수처로 갖고 가자 사무원이 원고지 장수를 셌다.

그때는 꽤나 가슴이 두근거렸다. 분명히 팔십팔 장을 썼는데, 혹시 잘못 세기라도 했으면 어쩌나 싶어서 점점 불안해졌다.

사무원 아저씨는 찌푸린 얼굴로 묵묵히 셌다.

무슨 접시 세는 저택*이냐고 속으로 야유했던 기억이 있다.

긴긴 시간이 흘렀다.

제본된 논문을 탁 덮고 아저씨가 내 얼굴을 보았다.

네, 수고 많았습니다, 라는 말에 온몸에서 힘이 쫙 빠졌다.

나도 모르게 감사합니다, 라고 대답했다. 서로 정중하게 고개 숙여 인사.

그렇게 개운했던 기억은 달리 또 없다. 처음 쓴 소설을 우체국에서 보냈을 때와 그때, 그렇게 두 번뿐이었을지도.

일본의 대학 중에 창작과 코스가 있는 학교는 극히 드물다. 가고 싶은 학교에 그 코스가 있다는 걸 확인하면서도 내가 그곳에 갈 일은 없으리라고 생각했던 때일까.

아니, 아니다. 그보다 훨씬 전이다.

신문에서 '경이로운 신인'이니 '혜성처럼 나타난 재능' 같은

---

* 주인이 아끼는 접시를 깨뜨렸다는 이유로 벌을 받아 자살한 하녀가 귀신이 되어 밤중에 접시를 센다는 일본 괴담.

문구를 볼 때마다 가슴이 철렁했던 때일까. 그 대상이 나와 나이 차가 별로 나지 않는 여자면 가슴이 술렁거리고, 식은땀이 나고, 초조함 같기도 하고 질투 같기도 한, 개운치 못한 불쾌한 감정이 치밀었던 때일까.

아니면 서점이나 광고에서 '소설 신인상을 타는 법' '당신도 소설가가 될 수 있다' 같은 제목을 볼 때마다 멈춰 섰던 때일까.

아니, 그것도 아니다. 훨씬 전.

이야기라는 것에 지은이가 있고 그것을 전문으로 하는 사람이 있다는 사실을 알았을 때 느꼈던 놀라움이 맨 처음일까.

그런 사람들 중에는 천재라 불리는 이, 괴짜라 불리는 이, 문호라 불리는 이 등 다양한 사람이 있더라는 것. 전 세계에 있더라는 것. 내가 재미있게 읽은 책을 쓴 사람이 언제나 같더라는 것, 많은 이들이 칭찬하고 책을 아주 많이 썼지만 도무지 재미있게 느껴지지 않는 사람도 있더라는 것. 그리고 지금도 날마다 세계 도처에서 그런 사람들이 탄생하고 있다는 것도.

아아, 겨우 말했다.

그 순간에 관해.

쑥스럽기는 하지만 약간 안도했다.

응? 그 말을 하기가 그렇게 어려웠느냐고?

하지만 당신 같으면 말할 수 있겠나? 나는 말할 수 없다.

나는 말할 수 없었다.

소설가가 되고 싶다는 말 따위, 입이 찢어져도 하기 싫었고 속으로 그렇게 생각하고 있다는 것을 인정하고 싶지도 않았다.

게다가 나 스스로도 그런 바람이 있는 줄 몰랐다. 적어도 학창 시절에는. 아르바이트하던 가게에서의 그날 밤이 오기 전까지는. 그뒤로도 한동안은. 훨씬 나중에, 졸업하고 소설을 쓰기 시작할 때까지도.

철들 무렵부터 내내 막연히 그 직업을 의식했던 것 같기는 하다. 그 직업에 관해 멋대로 망상을 부풀리고, 열광하고, 비평했다. 시샘과 동경 때문에 그랬는지도 모른다.

소설가가 되고 싶다는 바람은 참으로 복잡기괴하다.

하긴 그렇게 생각하지 않는 사람도 있다. 같은 과에도 '작가가 되고 싶습니다. 이것저것 써서 응모하고 있어요'라는 말을 거리낌 없이 하는 사람이 있는 것을 보고 도쿄는 무서운 곳이라고 생각했다.

그러나 소설가의 추잡한 사정은 누구나 잘 알고 있다. 드라마나 영화 속의 그들은 매우 질투심이 강하고, 자존심과 시의심으로 가득 차 있고, 타인의 성공을 방해하고, 허구한 날 도작을 한다.

언젠가 읽었던 외국 미스터리 소설에 이런 내용이 있었다.

소설가를 지망하는 여자가 있다. 소설을 써서 출판사에 보내지만 언제나 거절의 편지와 함께 반송된다. 자존심에 상처를 입고, 생계를 위한 일도 잘 풀리지 않고, 고독하고, 우울하다.

그러던 어느 날, 그녀는 신문에서 자기 이름을 본다. 이름 있는 신문에서 유망한 신인으로 소개한 것이었다. 그녀는 드디어 꿈이 이루어졌다고 기뻐하지만, 신문에 난 것은 실은 동명이인이었을뿐더러 그녀와 모든 면에서 정반대인 여자였다. 명문 대학을 졸업한 재원인데다 재학중에는 모델로 활동했다는 미인. 첫 소설이 에이전트의 눈에 띄어 높은 선인세를 받고 책을 출간, 대대적인 홍보로 좋은 평판을 얻고 사교계에도 눈 깜짝할 새에 얼굴을 알린다.

주인공은 자꾸만 자기와 이름이 같은 이 여자가 자신의 성공을 훔쳤다는 생각이 든다.

원래는 내 것이었을 명성을 왜 이 여자가 누려야 하나. 도둑고

양이 같은 년.

정말이지 억지스럽기 그지없는 사고회로지만, 그 첫 작품이 영화화된다는 소식을 듣고 그녀의 노여움은 정점에 달한다.

용서할 수 없다. 그건 내가 써야 했을 작품, 내 작품인데.

그녀는 점점 상궤를 이탈한다. 두번째 작품을 썼노라며 자기 원고를 에이전트와 출판사에 보내고 이름이 같은 그 여자에게 서서히 접근한다.

참으로 무서운 이야기지만, 나는 이 불합리한 여자에게 감정이입을 하고 말았다. 게다가 그 사고회로를 이해할 수 있다는 점이 또 무섭다. 소설가는 이리도 복잡하고 불합리한 인종이다.

내가 존경하는 어느 대중문학 작가가 쓴 '소설을 쓰는 법'에 대한 책 후기에 이런 말이 있었다.

'신이시여, 제가 다른 작가와 저 자신을 비교하게 하지 마시옵소서. 부탁입니다. 세상에 수두룩한 훌륭한 작가와 비교함으로써 제 마음의 평안을 빼앗는 일은 하지 마시옵소서.'

베테랑 인기 작가조차 이렇게 빌지 않을 수 없는 건가 싶어 겁이 났다. 즉 소설가란 이렇게 빌지 않을 수 없는 직업인 것이다. 그것을 혐오하는 동시에 강하게 이끌리고 있다는 사실을 인정할 수 있게 된 것은 극히 최근이다.

긴 글을 읽어주어 감사하다. 이것이 나의 사 년이다.

사 년간의 핵.

소설가가 되고 싶다는 것을 자각했다. 그저 그것만을 위해 사치스럽고도 아까운 사 년이라는 시간을 썼다는 것.

그저 그 이야기를 하는 데 이렇게도 꼬불꼬불 번거롭게 우회하고 말았다.

미안합니다. 사과할게요.

내내 후회했다. 돌아보고 싶지 않았다.

하도 둔하고 서툴렀기에. 소심하고 자의식만 강했기에.

옛날부터 그런 성격인 줄 알고는 있었으나 정말 그 성격 그대로였다.

사과한다.

소설가에 관한 자각뿐 아니라, 다른 여러 가지도 모두 포함해서.

졸업도 입학과 마찬가지로 눈 깜짝할 사이에 싱겁게 끝났다. 아무 일도 없었던 것처럼 문밖으로 나오고 말았다.

학생이 취업시장에서 유례없이 우위에 있던 시대였다. 특히 소프트웨어 회사는 신입사원을 확보하려 안간힘을 썼다. 나도 어렵지 않게 몇 군데에서 합격 통지를 받았고 결국 금융 관련 회사에 취직하기로 했다. 유급된 선배나 동기도 있었지만, 모두들 느긋하고 자신에 찬 표정이었고 밝은 미래를 의심치 않았다.

졸업한 해에는 하도 바빠서 아파트 마당의 목련꽃이 진 것도 몰랐다.

대형 출판사에 취직한 아키코와 함께 하카마*를 입고 졸업식에 참석했다.

환한 오후였다.

초봄의 도쿄는 종종 눈이 오거나 겨울로 유턴하기도 하건만, 포근한 날씨라 맥이 빠졌던 기억이 있다.

캠퍼스에서 밖으로 나오는데 문득 불안해졌다.

세계는 너무나도 환하고, 종잡을 수 없이 맑고 천진했다.

입학했을 때와 마찬가지로 도쿄나 대학이나 나에게 관심이 없었다. 어쩌다 한 사 년간 부지 내에서 생활했던 작은 동물이 나간들 무슨 대수냐고 하는 것 같았다.

강당 앞 로터리의 아스팔트가 하얗게 빛났다. 어찌나 환한지

* 기모노 위에 입는 일본 전통 의상.

눈을 뜰 수 없을 정도였다.
세계가 하얗게 녹았다.

그때 '어라, 이 장면 어디서 본 적이 있는데' 하는 생각이 들었다.
기억은 대단하다.
갑자기 육 년도 더 지난 일이 눈앞에 퍼뜩 떠올랐다.

고등학교 1학년 여름방학.
하코와 도자키와 셋이서 영화를 보러 갔다. 6월의 특별활동 수업에서 한 팀이었던 멤버. 그래, 우리는 자키자키 트리오였다. 하코자키, 도자키, 니레자키. 그래서 친해졌다. 그뒤로도 몇 번 같이 놀러 나간 적이 있었는데, 그때 일이었다.
명화극장의 두 편 동시상영.
영화를 좋아했던 하코가 가자고 했다.
영화관은 한산했다. 우리 세 사람 앞쪽으로는 아마 아무도 없었을 것이다.
한 편은 기억나지 않지만, 다른 한 편의 영화가 강렬한 인상을 남겼다.

기독교 이야기. 이탈리아 성자의 생애를 그린 영화였는데, 어쩐지 나에게는 굉장히 무섭고 충격적이었다.

그래, 우타 씨가 느끼는 다니우치 로쿠로만큼이나.

신앙은 무섭구나, 믿는다는 것은 무섭구나 싶었고, 영화를 보고 나서도 그런 이야기를 했던 것 같다.

주인공은 원래 유복한 집안의 아들이었는데 어느 날 계시를 받아 모든 것을 버린다. 자기 재산을 가난한 사람들에게 나눠주고 다 떨어진 천 한 장을 몸에 두른 채 황야로 나간다.

이탈리아에 초목이고 뭐고 아무것도 없이 바위산과 자갈밭뿐인 척박한 땅이 펼쳐진 곳도 있다는 것을 처음 알았다.

영화에 그가 알몸뚱이로 커다란 대문인지 교회 문인지를 여는 장면이 있다. 양쪽으로 열리는 문 저편에서 처음에는 한 줄기 빛이 비치더니, 점점 눈부신 빛이 흘러와 그의 몸 윤곽이 빛 속에 녹아든다.

그 장면이 어찌나 무서웠는지.

두 남자애 사이에 끼어 나체를 보는 걸 창피하다고 생각하기 이전에 무서워서 견딜 수 없었다.

무방비하게, 맨몸으로, 밝은 빛을 향해, 자신을 숨김없이 송두리째 드러내고 걸어가다니, 어쩌면 저렇게 무서운 일이 다 있을까, 나 같으면 무서워서 견딜 수 없을 텐데 싶었다.

그 장면이 눈앞에 퍼뜩 떠오른 것이다.

온몸에 소름이 돋았다.

겁이 덜컥 났다.

나도 이렇게 무방비한 상태로, 아무것도 모르는 세계로, 바깥의 빛 속으로 나가는구나, 이제 돌이킬 수 없구나 싶었다.

결국 마지막까지 두서가 없었다.

아무 일도 없었지만 역시 그립다. 그때가 좋았다는 말은 입이 찢어져도 안 할 거지만.

아, 맞다, 졸업식 날 그 사람을 봤다.

이상하다고 할지, 얄궂다고 할지. 그때까지 한 번도 캠퍼스에서 본 적이 없었건만 딱 한 번, 졸업식 날에.

하지만 졸업식에 온 사람 같지 않았다. 그저 볼일이 있어 캠퍼스 안을 가로지르는 듯한 느낌이었다. 주위에 하카마를 입은 여자애들이 수두룩한데도.

차림새도 스웨터에 청바지였고, 옛날과 똑같이 고개를 약간 숙인 채 곁눈질도 하지 않고 총총 걸어갔다. 예전과 똑같구나 싶었다.

그 사람?

아, 말 안 했던가?

도자키. 영화를 같이 봤던 자키자키 트리오 중 한 사람.

그래, 셋 다 같은 대학이었다. 학부는 다 달랐지만.

물론 그는 나를 보지 못했다. 서로 꽤 많이 떨어져 있었고 같은 과 여자애들과 단체로 있었으니, 내 쪽을 봤어도 알아차리지 못했을 것이다.

그 사람은 똑바로 걸어가 나보다 먼저 교문을 지나 로터리로 나가서는 새하얀 빛 속에 녹아 사라져버렸다.

흡사 그 영화의 그 장면처럼.

아주 환한 오후였다.

싱거웠던 졸업식.

빛으로 가득한.

음, 그 성자, 이름이 뭐였더라? 이런 건 한번 마음에 걸리면 영 찜찜하다. 영화 제목도 생각나지 않고.

이다음에 하코에게 물어봐야지.

파란 꽃

미래는 가도 가도 미래고, 과거에 예감했던 대로 부정형不定形이었다.

그 때문인지 도자키 마모루는 최근 자꾸만 그 삼거리 생각을 한다.

마모루는 과거를 좀처럼 떠올리지 않는다. 떠올리려 한 적도 없다. 대단히 알기 쉽고 '현재를 사는' 대단히 단순 명쾌한 남자다. 사람은 누구나 젊을 때 길든 짧든 그런 시기를 겪게 마련이지만, 마모루의 경우는 젊기 때문에 '현재를 사는' 것이 아니라 본인의 타고난 성격이 그렇다는 점이 특이하다.

그래서 그가 그 삼거리에 관해 생각하는 것도 추억에 잠기는 것과는 매우 거리가 멀었고, 어떤 계기로 '그때 왜 그런 일이 일어났을까' 하는 의문을 가졌기 때문이었다.

그는 감정의 전환이 대단히 빠른 사람이지만, 마음에 걸리는 게 있으면 계속 그것에 집착하는 집요함도 갖고 있다. '그 삼거리'는 그중 하나였다. 그에게 '그 삼거리'는 추억이 아니라 현재진행형의 의문이었다.

마모루가 베이스를 치기 시작한 것은 중학교 3학년 때다.

십대 소년이 으레 그렇듯 처음에는 기타를 치고 싶어해서, 중학교에 갓 입학했을 무렵 대학생 사촌에게 기타를 배웠다. 이 사촌은 기술적으로는 그런대로 괜찮았고 가르치는 것도 나쁘지 않았으나, 소위 말하는 뉴뮤직을 좋아했다. 그 장르는 당시 일세를 풍미하며 텔레비전 가요 프로그램을 휩쓸고 있었다. 개중에는 좋아하는 곡도 있었지만, 마모루는 그 장르가 영 취향에 맞지 않았다. 연습하다보면 자꾸만 등이 근질근질하고 그렇게 쑥스러울 수 없었다. 게다가 기타리스트에게서 어렴풋이 느껴지던 나르시시스트적인 면에도 성격적으로 적응할 수 없었다.

그래도 대부분의 코드를 짚고 그럭저럭 곡으로 들릴 만큼 연주할 수 있게 된 중3 봄, 축제를 앞두고 밴드 비스름한 것을 친구들과 만들었을 때(꼭 다들 기타를 희망한다) 시험 삼아 베이스로 바꿔봤더니 그 울림이 몸속으로 자연스럽게 스며들었다. 무엇보다도 밴드 한가운데나 맨 앞에 있지 않고 가장자리나 뒤쪽에 있기 때문에 한결 마음이 안정되었다.

그뒤로 마모루는 내내 베이스를 쳤다. 고등학교 때는 오로지 다양한 곡의 소절을 카피하는 데 열중했고 소속은 록 밴드였지만 정말 하고 싶은 것은 재즈 밴드였다. 갖가지 음악을(지방 고등학생에게 가능한 범위 내에서) 들었는데 우상은 찰스 밍거스였다.

대학에 들어가 수강신청 등 필요한 수속을 마치자, 그는 드디어 문학부 뒤편의 지저분한 음악 동아리방 건물에 있는 재즈 연구회를 찾아갔다.

보통은 입학식이 끝나고 나오면 동아리의 신입생 유치용 카운터를 볼 수 있게 마련인데, 다른 재즈 동아리는 나와 있건만 왜 그런지 여기만은 찾아볼 수 없었다.

고등학교 때 동아리방 건물도 지저분하긴 마찬가지였지만 대학은 세월의 흔적으로 따지면 그 이상이라, 낡고 지저분한 것을 넘어 요기마저 감돌았다.

복도에서 묵묵히 스케일을 연습하는 알토색소폰 소리가 들려오고, 안쪽에는 팀파니로 보이는 타악기를 꾸무럭꾸무럭 내오는 학생이 보였다.

마모루는 머뭇머뭇 복도에 발을 들여놓았다. 아무리 봐도 학생 같지 않은, 수염이 거뭇한 남자가 트럼펫을 불고 있었다.

어둑어둑한 복도를 걸으며 낙서투성이 방음문을 하나하나 확인했으나, 라이브 공연 전단만 다닥다닥 붙어 있을 뿐 동아리 이름은 어디에도 없었다. 수염 난 남자에게 묻자 대뜸 "거기" 하며 문 하나를 가리켰다.

일단 노크를 했으나 대답이 없었다. 문에 귀를 대니 드럼 소리가 들렸다.

과감하게 문을 열어보니, 악기 케이스와 상자가 마구 쌓여 있고 펜더 로즈와 콩가가 흡사 유적처럼 놓여 있는 가운데, 구석에서 안경을 낀 남자가 드럼 세트 앞에 앉아 슬렁슬렁 드럼을 치고 있었다. 포 비트가 아닌 록 리듬. 다른 사람은 아무도 없었다.

"저, M 연구회에 들어오고 싶은데요."

마모루가 말하자, 남자는 계속 드럼을 치며 느긋하게 되물었다.

"악기는 뭐야?"

"베이스요."

"그럼 내일 다시 올래? 오늘은 던모* 날이 아니라서."

나중에 안 사실이지만, 이 전세기의 유물 같은 낡은 건물에서

* '모던'을 거꾸로 한 말. 여기서는 '모던 재즈 연구회'를 말한다. 당시 뮤지션들 사이에서 단어를 거꾸로 쓰는 것이 유행했다고 한다.

조차 공간이 부족하여 두 동아리가 방 하나를 요일별로 나눠 쓰는 것이었다. 일본 유수의 학생 오케스트라로 인정받는 오케스트라 동아리마저 대식구를 거느리고 있음에도 다른 동아리와 방을 함께 썼다. 그래도 이 요기 감도는 건물에 들어와 있는 것은 학교를 대표하는 전통 있는 동아리들이었다.

이튿날 다시 동아리방을 찾아간 마모루는 엄청난 음압에 압도되었다.

피아노 트리오에 테너색소폰으로 이뤄진 전형적인 재즈 콰르텟이었는데, 백구십 센티미터는 되지 않을까 싶을 정도로 키가 큰 남자가 어찌나 훌륭한 테너색소폰 소리를 내는지 마모루는 놀라고 말았다. 찰랑거리는 장발의 드러머는 몸집이 작고 가냘픈데도 소리가 무척 크고, 다양한 오블리가토에 언뜻 보기에도 기교가 대단했다. 선승처럼 머리를 빡빡 민 남자의 피아노 연주도 '끝내주고', 키 큰 베이시스트는 들어본 적도 없는 복잡한 베이스라인을 연주하고 있었다.

입을 딱 벌리고 듣고 있던 마모루는 한 곡이 끝나고(〈튀니지의 밤〉이었다) "왜? 입부하려고?" 하고 드러머가 물을 때까지도 내내 망연자실 상태였다.

입부를 신청하자 드러머가 선선히 "그래" 하며 고개를 끄덕였다. 그리고 이름과 주소를 쓰게 하고는 "신입생 환영회에 와라.

거기서 밴드를 나눌 테니까"라고 명랑하게 말하며 일시와 장소를 쓴 종이를 내밀었다.

신입생 환영회는 신주쿠 가부키초에 있는 희한하게 넓고 희한하게 값이 싼 주점에서 열렸다.

신입 부원은 다른 대학 학생을 포함해서 거의 일흔 명에 이르렀다. 마모루는 분위기에 완전히 압도됐다. 이 재즈 연구회는 프로를 배출하는 것으로도 유명하지만 괴짜와 별종이 많고 개성적인 연예인이 몸담았던 동아리로도 유명했다. 그래서인지 그날 모인 신입생 중에는 동아리의 그런 분위기에 이끌려 들어온 자기과시욕 덩어리 같은 인간들도 적잖았으므로, 수수한 마모루는 완전히 파묻히고 말았다. 보컬을 지망하는 여학생들은 모두 타대생들로 무척 어른스럽고 화려했다. 시간이 흐를수록 담배 연기 속에 그녀들의 요란한 웃음소리가 울려퍼지는 횟수가 늘었다.

내가 지금 어울리지 않는 곳에 있는 게 아닐까. 저번에 동아리방에서 봤던 밴드는 실력이 엄청났다. 그런 사람들만 있다면 도저히 따라갈 수 없다.

주위가 점점 값싼 술에 취해 흐트러져가는 가운데, 술이 센 마모루는 담담히 칵테일 소주를 마시며 처음으로 불안을 느꼈다.

"너 꽤 센데. 현역이지?"

대각선 맞은편에 앉은 살빛이 하얀 남자가 말을 건 대상이 자기임을 깨달은 것은, 주위에 앉았던 사람들이 모두 일어나 돌아다니는 터라 기다란 탁자에 그들 둘뿐이었기 때문이다. 마모루는 고개를 끄덕였다.

"도자키 마모루라고 해. 저, 악기는 베이스고. 넌 무슨 악기?"

"피아노."

딱 보기에도 그런 느낌이라고 마모루는 생각했다.

"난 기지마 오즈마."

"뭐?"

마모루는 저도 모르게 되물었다. 억양은 간사이 쪽이었지만 이름을 듣고는 순간적으로 혼혈인가 생각한 것이다.

"기지마 오즈마."

이런 일에 익숙한지 그는 젓가락 포장지에 슥슥 '木島オズマ'라고 썼다.

"본명이야? 예명? 외국인?"

마모루가 의아한 목소리로 묻자 오즈마는 으하하 웃었다.

"꼭 만담 콤비 같은 이름이지만 어엿한 본명이야. 오즈마 계획이라고 알아? 우주에서 오는 전파를 수신해서 우주인을 찾겠다던 미국의 계획. 우리 아버지가 한때 우주에 심취했었거든."

"그래서 아들한테 그런 이름을?"

"정작 오즈마 계획은 한 일 년 만에 중단됐는데 말이지. 재수가 나쁘다고 할머니 이하 모두가 엄청 반대했는데 밀어붙였지 뭐야. 바보 같은 아버지라니까."

"저런."

기지마 오즈마는 느긋하고 온화한 성격인 듯 명백히 그 주위에만 이질적인 공기가 흘렀다. 주위 분위기에 흔들리지 않는 꿋꿋함에 감탄하며 마모루는 소박한 의문을 던졌다.

"왜 간사이 쪽 대학에 안 갔어? 간사이에도 좋은 재즈 연구회가 있는 학교가 많은데."

"도쿄에 한번 살아보고 싶었거든. 피트 인*에도 가보고 싶었고, 레코드 가게도 돌아보고 싶었고. 올해 레귤러는 최근 몇 년간 중에서도 실력이 탁월하다더라. 피아노 치는 니시 선배는 그대로 프로로 나가려나보던데."

"레귤러?"

오즈마의 설명을 듣고서야 마모루는, 그 학년에서 가장 뛰어난 밴드가 재즈 연구회의 레귤러 밴드로 정점에 군림하고, 대외적으로 연주 활동을 하거나 라이브하우스에 고정 출연한다는 사

* 도쿄의 유명한 재즈 클럽.

실을 알았다. 동아리방에서 마주친 밴드가 올해의 레귤러 밴드 멤버들이라는 것도.

"네가 베이스란 말이지. 그럼 이제 드럼만 있으면 되겠네. 그러고 보니 아까 고등학교 내내 헤비메탈을 두들겼다는 사람이 있었는데."

오즈마는 훌쩍 일어서더니 체격이 좋고 어딘지 모르게 두더지가 연상되는 남자를 데리고 왔다. 얼굴이 시뻘겋고, 체격에 비해서는 겸손하고 온화해 보였다. 이미 꽤 많이 취해서 오즈마가 부르기에 그냥 따라온 것으로 보였다.

"후지카와 마사야야. 이제 트리오를 할 수 있겠네."

실은 이때 오즈마는 신입생들 사이를 돌아다니며 같이 밴드를 결성할 상대를 찾고 있었다는 이야기를 나중에 들었다. 왜 마모루와 마사야를 선택했느냐고 묻자, 오즈마는 잠시 생각하는 척하다가 "직감이지" 하고 시원스럽게 대답했다.

"하지만 북에 관해선, 괜히 이상한 버릇이 붙은 기분 나쁜 포 비트를 두들기는 것보다 헤비메탈을 했던 솔직한 타입이 나을 거라는 계산이 있었어. 헤비메탈 했으면 소리는 클 테고 말이야. 북소리를 크게 내는 것도 재능이거든."

오즈마의 냉정함에 마모루는 오싹했다.

이렇게 해서 마모루의 대학 생활 거의 대부분을 차지하게 되는 '오즈마 밴드'가 출범했다.

리더의 이름이 워낙 강렬한 덕에 밴드 이름이 금방 정해졌고, 재즈 연구회 내에서도 금세 이름이 알려졌다. 듣자 하니 '오즈마'는 『오즈의 마법사』에 등장하는 마녀의 이름이기도 한 모양이라, 당연히 그들의 테마송은 오즈마가 초고속 헤비메탈 풍으로 연주하는 〈오버 더 레인보〉로 결정됐다. 마사야가 헤비메탈 밴드 출신이라는 데서 아이디어를 얻어 장난으로 시작한 것이었는데, 셋이 머리를 흔들며 헤비메탈 풍으로 연주하는 열광적인 〈오버 더 레인보〉는 선풍적인 인기를 모아 첫 무대 이후로 그들의 트레이드마크가 되었다.

오즈마의 직감은 정확했고, 마모루는 운이 좋았다.

약 일흔 명에 이르는 신입 부원이 야단법석 속에 자기 밴드를 찾아가는 데에는 꽤 시간이 걸렸거니와, 막상 밴드를 결성하고 연습을 시작해도 워낙 초심자가 많은데다 실력은 그야말로 천차만별, 옥석혼효(라기보다 거의가 돌)였다. 그와는 다른 개인적인 문제들로 순식간에 공중분해되는 밴드들도 생기는 통에 한 달 만에 절반 가까이가 사라졌다. 첫 라이브를 하는 7월 초순까지 버틴 밴드는 여덟 팀, 실제로 연주다운 연주가 가능한 것은 다섯 팀 정도였다. 오즈마 밴드는 그중에서도 꽤 잘하는 축에 들었고, 고등학교 때부터 함께해온 밴드도 있는 것을 생각하면 처음 만난 신입생들끼리 만든 밴드치고는 훌륭했다. 오즈마의 인선이 옳았음이 입증된 것이다.

그때까지 상급생들은 먼발치에서 꼼짝 않고 신입생들이 도태되기를 기다리고 있었다. 신입생 라이브 공연의 뒤풀이가 진짜 신입생 환영회였던 것이다. 최종적으로는 보통 대여섯 밴드가 남는 모양이었다.

다시금 마주한 상급생들은 모두 개성적이고 태평스러운데다 (대화 내용이 지극히) 저속했다. 다들 술을 벌컥벌컥 마시고는 으하하하 큰 소리로 웃어대고, 야한 이야기를 연발하고는 으헤헤헤 웃었다. 그중에서도 레귤러 밴드의 테너색소폰 주자인 하야세 선배는 몸집도 크지만 목소리도 큰데다 술도 파괴적으로 마셨다. 취하면 '롤랜드 커크 흉내' 랍시고 맥주병이나 젓가락처럼 긴 물건을 몇 개씩 입에 무는 버릇이 있었다.

피아노 치는 니시 선배는 취하면 늘 똑같은 이야기를 했다.

"난 유치원 때부터 이 길을 걷기로 돼 있었다. 네 살 때 눈을 뜬 게야."

"그렇습니까?" 마모루가 진지하게 묻자, 니시 선배는 고개를 크게 끄덕였다.

"다 같이 캐스터네츠를 치고 있었네. 귀여운 유희였지. 다른 애들은 모두 이렇게 치더군."

니시 선배는 손뼉을 쳤다. ♩𝄽♩𝄽.

"아냐!"

니시 선배는 고개를 좌우로 흔들고 주점 테이블을 내리치며 절규했다.

"난 어여쁜 사치코 선생님에게 말했지. 선생님, 이건 이상해요. 역시 이래야죠."

니시 선배가 다시 손뼉을 쳤다. 𝄽♩𝄽♩.

"스윙이 없으면 의미가 없다는 거지?"

베이스 주자인 가와이 선배가 옆에서 불쑥 끼어들자 니시 선배는 으악 하고 비명을 지르며 가와이 선배의 목을 졸랐다. "이 놈 자식이, 그걸 먼저 말해버리면 어쩌냐!" "너무 들어 지겹다." "이 젊은이한테는 처음이란 말이여."

니시 선배는 술만 들어가면 날뛰었다. 그러나 이미 익숙한 가와이 선배는 적당히 니시 선배의 펀치를 피하고는 당시 유행하기 시작한 초퍼 베이스 연습에 몰두했다.

부원이 전부 모이면 술자리가 점점 파괴적으로 변하고 마지막에는 꼭 누군가 악기를 꺼내들었으므로, 술자리는 말 그대로 프리재즈 대회가 되었다. 출입 금지를 당한 주점이 수두룩하다는 이야기를 듣고 마모루는 그럴 만도 하다고 납득했다.

오즈마는 피아노 실력이 상당할뿐더러 리더 자질도 있었다.

록밖에 해본 적 없는 마모루와 마사야를 이끌고 오즈마 밴드를 그럭저럭 재즈 캄보답게 만들어준 사람이 오즈마였다.

처음 소리를 맞춰보고는 이 주 동안 셋이서 죽어라 블루스를 연주했다. 신물이 날 정도로 연일 몇 시간씩 줄기차게 블루스만. 세 사람의 템포가 맞아떨어지고 일체감이 생길 때까지 계속했다.

오즈마의 피아노 연주는 본인의 온화한 성품과는 달리 꽤 공격적이었고, 박자감도 정확해 들어갈 타이밍을 놓치는 일이 절대로 없었다.

사실 어쩐 일인지 세 사람의 박자감은 딱딱 맞아서 이따금 오즈마가 '너무 딱 맞는걸. 좀 뒤로 밀어야겠어' 하고 중얼거릴 정도였다. 마사야의 드럼은 소리는 큰데 시끄럽지 않고 얼굴과 어울리지 않게 섬세한 분위기를 자아내서, 마모루와 오즈마가 무심코 얼굴을 마주 보는 일도 적지 않았다. 마사야는 원래 요코하마에서 자라 재즈를 매우 좋아했는데, 고등학생 밴드에선 드럼이 귀한데다 부탁받으면 거절을 못 하는 성격이라 헤비메탈만 하게 됐다고 했다.

마모루는 오즈마가 말하는 '괜히 이상한 버릇이 붙은 기분 나

뺀 포 비트' 라는 것을 그뒤로 동아리의 다른 밴드들의 연주에서 실컷 들었다. 그런 밴드에는 참으로 신랄했던 오즈마는 종종 그 흉내를 내기도 했다. 놀랍게도 오즈마는 드럼에도 능해 서툰 드럼 연주 흉내도 꽤 그럴듯했다.

대단하다고 감탄하는 마모루에게 오즈마는 말했다.

"난 유키 선배에 비하면 유도 아냐. 그 선배처럼 뭐든 다 할 줄 아는 사람은 결국엔 드럼으로 가게 마련이지."

"유키 선배?"

유키 선배란 마모루가 첫날 동아리방에서 마주쳤던, 찰랑대는 장발의 레귤러 밴드 드럼 주자였다. 총무와 매니저까지 겸임하는 그는 서글서글한 성격에 머리가 무섭게 좋은 사람이었다. G학년, A학년*이 허다한 동아리에서 학점과 출석에 까다로운 이공학부를 정확히 사 년 만에 졸업했으니 존경스러운 일이다.

유키 선배는 멀티 플레이어였다. 기타고 피아노고 색소폰이고 다 잘했는데, 이것저것 시험해본 끝에 최종적으로 '제일 재미있다' 는 이유로 선택한 악기가 드럼이었다고 한다.

오즈마는 그 유키 선배를 비롯한 상급생들에게 귀여움을 받았다. 그 덕분에 마모루와 마사야도 상급생들이 이름을 기억해

* 기타 코드가 C, D, E, F, G, A 순인 것에 빗댄 것.

주었다. 그러나 선배님이란 때로 대단히 성가신 존재라, 밤에 느닷없이 급습을 당한다든지 해질녘에 캠퍼스를 걷다가 술집으로 납치되는 일이 일상다반사로 일어나, 점점 해를 보지 못하는 '달건' 같은 생활로 끌려들어가게 되었다.

마모루가 오즈마 밴드를 결성했을 무렵 가장 경악한 것은, 교토에서 자란 오즈마와 요코하마에서 자란 마사야에 비해 자신의 정보량이 압도적으로 부족하다는 점이었다.

마모루의 고향에는 라이브하우스가 없었고 제대로 된 재즈다방도 없었으므로 음원이라고는 레코드와 라디오뿐이었다. 중학교 때부터 몰래 라이브하우스를 들락거렸다는 두 사람에 비해 들어온 음악의 양이 현저하게 떨어졌다.

당시는 레코드 대여 체인점이 부쩍 늘어 저작권이 사회문제로 대두되기 시작한 때였다. 그러나 좌우지간 많은 음악을 듣고 싶은 마모루 같은 젊은이에게는 고마운 구세주였다. 마모루는 부지런히 대여점을 드나들며 레코드를 빌리고 마음에 든 것은 테이프에 녹음했다.

그래도 한 장에 이삼백 엔 하는 대여료는 결코 싸지 않았다. 식비를 줄이고 자는 시간을 아껴가며 레코드를 듣는 생활은 흡사 수행승 같았다.

벌이가 괜찮은 아르바이트를 찾아보았지만 말주변이 없는 그에게는 과외 교사도 무리다보니, 결국 마사야의 친척이 하는 운송회사에서 일하는 게 가장 편하고 돈이 됐다. 곧잘 마사야와 주말에 이삿짐 나르기나 창고 정리를 하러 가기도 했다. 사흘 연휴 동안 연달아 일하고 나서 허리가 뻣뻣하게 굳어 꼼짝 못 했던 적도 있었다.

아르바이트비를 모아 워크맨을 샀을 때는 정말 기뻤다. 녹음 기능이 있는 워크맨을 대신할 다른 제품들이 서서히 등장하면서 워크맨 값이 내려가기 시작한 덕이었다.

마모루는 묵묵히 레코드를 빌려다가 열심히 귀에 음악을 축적했다. 오즈마와 마사야를 따라잡기 위해서는 좌우지간 많이 들어서 그들과의 차를 좁히는 수밖에 없다고 생각한 것이었다.

입학하고 얼마 동안, 니레자키 아야네는 일주일이나 열흘에 한 번꼴로 마모루의 집을 찾아왔다.

같이 저녁을 만들어 먹기도 하고, 가끔은 외식을 하기도 하고. 실로 수수한, 지방 출신 동창생다운 교제였다.

두 사람이 사귀기 시작한 것은 고등학교 2학년 여름이었는데, 어느 쪽이 뭘 어떻게 한 것도 아니고 '우리 사귀자'고 말한 적도 없었다. 말 나온 김에 덧붙이자면, 좋아한다는 말 한번 한 적 없고 손을 잡은 적조차 없는, 당시로도 믿기지 않을 만큼 대단히 '건전한' 이성교제였다.

그 상태를 과연 '사귄다'고 할 수 있을지는 둘 다 내심 의문이었으나, 어느 한쪽이 그 의문을 입 밖에 내는 일은 끝내 없었다.

이야기가 활기를 띠는 것도 아니었다. 오히려 말주변이 없는 두 사람은 그저 그런 대화만 띄엄띄엄 주고받고 그뒤로는 꼼짝 않고 조용히, 짧은 듯도 하고 긴 듯도 한 시간을 보냈다.

그래도 얼굴을 보면 기뻤고 같이 있으면 묘한 동질감이 느껴졌다. 그러나 그와 동시에, 같이 있으면 어쩐지 고통스럽고 뭘 해야 좋을지 알 수 없어서 초조함과 답답함만 제자리를 뱅뱅 도는 것도 눈치채고 있었다.

이유가 무엇인지 두 사람은 내심 자문자답했다. 이 두 사람이라는 것은 분명할 텐데 왜 이렇게 고통스러운 걸까.

아야네가 동아리방에 와서 오즈마 밴드의 연주를 들은 적이 딱 한 번 있다.

우연이었다. 문학부 라운지로 가는 길에 마모루와 마주친 아야네가 어쩌다 연습에 따라온 것이다. 아직 신입생 라이브 공연을 하기 전으로, 오즈마 밴드가 조금씩 일체감을 얻어가던 단계였다. 따라서 아직 상급생의 무서움을 몰랐던 때였기에 마모루도 여자친구를 동아리방에 들여놓는다는 무모한 행위가 가능했던 것이다.

아야네가 들어가자 오즈마와 마사야는 '어?' '흐응' 하는 표정을 지었으나 깊이 캐묻지는 않았다. 연습이 시작됐다.

아야네는 내내 그 커다란 눈을 크게 뜬 채 꼼짝도 않고 연주를 들었다.

외부 관객 앞에서 연주하는 건 처음이라 꽤 긴장했던 오즈마 밴드 세 사람은 아야네가 박수를 치고 나서 어떤 감상을 말할지 은근슬쩍 신경이 쓰였다.

"기지마 오즈마…… 진짜 굉장한 이름이네."

오즈마 이야기를 이미 들어 알고 있던 아야네는 킥 웃었다. 그러더니 갑자기 정색을 하고 오즈마를 보았다.

"오즈마는 로맨티시스트면서 굉장히 현실적인 사람이구나."

오즈마가 움찔하는 것을 마모루는 놓치지 않았다.

"아, 로맨티시스트라서 현실적인 건가."

아야네는 그렇게 고쳐 말하고는 마모루를 보았다.

"도자키는 역시……"

마모루는 뒷말을 기다렸다. 그러나 아야네는 좀처럼 말을 이으려 하지 않았다.

그녀는 얼마 동안 어딘지 모르게 어린애 같은, 마모루가 처음

보는 그런 눈으로 그를 응시하더니 이윽고 살짝 웃고 "역시 도자키 같은 연주던데. 진짜 딱 그대로, 도자키의 소리가 나던걸" 하고 중얼거렸다.

"……여자친구?"

아야네가 가고 좀더 연습을 한 뒤에 오즈마가 물었다.

마모루는 "같은 고등학교를 나온 친구"라고 우물쭈물 얼버무렸다.

오즈마는 흐응, 하고 중얼거렸다.

"놓치면 안 돼."

연습이 끝나고 돌아가는 길에 오즈마가 말했다.

"뭐?"

마모루는 순간 무슨 이야기인지 알 수 없어 되물었다.

"그애를 놓치면 안 돼. 넌 네가 얼마나 운이 좋은지 모르는 게 분명하니까."

오즈마가 그렇게 다짐을 둔 것은, 무의식중에 얼마 안 가 마모루가 아야네와 만나지 않게 될 것을 예감했기 때문인지도 모른다.

정말 사소한 계기였다.

계기라 할 수 있을지조차 알 수 없다.

두 사람은 번갈아가며 서로에게 전화를 걸었다. 이번에 아야네가 마모루에게 전화해서 마모루의 집에 갈 날짜를 확인했다면, 다음에는 마모루가 아야네에게 전화해서 다음번 약속을 잡는다. 그런 암묵의 양해가 있었다.

그러나 라이브 날이 다가오면서 연습 일정 조정이 난항을 겪는 바람에, 어느 날 아야네에게서 전화가 왔을 때 마모루는 다음 만날 날짜를 정할 수 없었다.

그리고 그다음에 마모루가 아야네에게 전화했을 때, 아야네도 동아리의 이벤트 일정이 확실치 않아 다음 약속을 잡을 수 없었다.

이렇게 해서 두 번 연속으로 약속을 하지 못하자, 둘 다 그다음에 어떻게 하면 좋을지 알 수 없었다. 두 사람은 전화기 앞에서 주저했다. 그리고 결국 어느 쪽도 그뒤로 전화를 걸지 않았다.

소위 자연소멸 상태로 반년 가까이 지난 어느 겨울날, 마모루는 책꽂이 구석에서 아야네가 두고 간 문고본 책을 발견했다.

아야네가 좋아한다던 앨런 실리토의 단편집이었다.

아야네는 마모루의 집에 와서도 곧잘 책을 읽었지만, 마모루는 독서를 싫어해 책을 거의 읽지 않았다. 그녀의 문고본은 경제학 교재 사이에 꽂혀 있었다. 그녀가 꽂았는지, 아니면 두고 간

책을 마모루가 꽂았는지 기억이 확실치 않았다.

쓸쓸하지 않았다고 하면 거짓말일 것이다. 그러나 그 무렵에는 세상이 완전히 오즈마 밴드를 중심으로 돌아가고 있었기 때문에 이제 와서 어떻게 해볼 생각은 나지 않았다.

서표가 끼여 있는 부분을 무심코 펴자, 단편의 마지막 단락인 듯한 부분이 눈에 들어왔다.

갑옷을 입은 기사는 어둠 속으로 돌아간다. 그래요, 사랑했습니다, 하고 나는 대답한다. 하지만 우리 둘 다 사랑을 위해 아무것도 하지 않았습니다. 그래서 실패했던 겁니다.

우연이 다소 지나치다는 생각이 안 드는 것도 아닌 타이밍이었다. 그러나 마모루는 그 문장을 뇌리에 새겨두기는 했어도 책을 덮자마자 잊어버렸고, 그것이 의미하는 바에 아무런 감흥도 느끼지 못했다.

캠퍼스 내 줄지어 선 은행나무가 누렇게 변할 무렵에 축제가 시작된다.

대학 축제는 입장객 수도 고등학교 때와 차원이 다르게 많으려니와, 입장권 대신 파는 팸플릿이 꽤 비싸다. 입장객들은 싫어

했지만 엄청난 액수의 돈이 움직인다는 것은 명백하다. 학생의 자치 운영이라고는 해도 팸플릿을 판매한 수익금의 일부가 학생 운동 활동 자금으로 흘러든다는 소문이 있어 몇 년 전부터 크게 문제가 되는 모양이었다.

하기야 학생들은 그런 일에 관심이 없었다. 재즈 연구회는 강의실을 빌려 라이브 공연을 열 계획이라, 1학년인 오즈마 밴드의 멤버들은 그 준비로 바빴다.

누가 오지 않는 오전중에는 1학년, 즉 C학년 밴드. 한 밴드당 연주 시간도 짧다. 관객이 거의 없기 때문에 연습이나 다름없다. 오후가 되면 관객이 조금씩 늘기 시작하고, 마지막을 장식하는 레귤러 밴드 때는 발 디딜 틈도 없이 사람이 빽빽이 들어차서 마실 것을 돌리기도 힘들어진다.

이 재즈 연구회의 레귤러 밴드는 실력이 프로급인데다 많은 프로를 배출한다는 것을 재즈 팬들도 알기 때문에 해마다 연주를 들으러 오는 팬도 있었다. 다른 대학 재즈 연구회 사람이나 동문 프로 연주자가 연주에 끼어들기도 하면서 강의실은 열기에 휩싸였다. 강의실로 들어오지도 못하고 복도에서 듣는 사람도 있었다.

마실 것을 준비하는 카운터 뒤에서 오즈마 밴드 세 사람은 레귤러 밴드의 연주에 몰입했다. 밴드는 달아올라 있었다. 하야세 선배는 포효하고, 니시 선배는 두들겨대고, 가와이 선배는 질주하고, 유키 선배가 모두를 제어하고, 관객은 휘파람을 불고 손뼉을 치며 신이 나서 날뛰었다.

"레귤러는 좋겠다."

오즈마가 나지막이 중얼거렸다.

마지막 날 오전, 관객이 몇 없는 객석을 향해 오즈마가 멘트를 하는데 한 청년이 훌쩍 들어왔다. 커피가 든 종이컵을 들고 한가운데에 조용히 앉았다.

마모루는 그것이 하코자키 하지메임을 깨달았다.

솔직히 뜻밖이었다.

대학에 들어온 뒤로는 거의 접촉이 없었고, 이따금 캠퍼스에서 마주치면 '잘 있었냐?' '여' 하고 지나가는 정도였기 때문이다.

마모루는 그쪽을 흘끔거리며 연주했다.

주어진 시간에 세팅 시간도 포함되기 때문에 세 곡을 연주하는 것이 고작이었다. 멤버 셋이 각자 좋아하는 재즈 연주자의 곡을 한 곡씩. 〈블루 멍크〉〈러브버드의 환생〉〈워크송〉. 테마, 오즈마의 솔로, 테마, 아주 짧게 마모루와 마사야의 솔로, 테마. 세 곡 모두 이런 패턴이었다.

서둘러 정리하고 복도로 나오자 하지메가 기다리고 있었다.

"내가 여기서 연주하는 줄 어떻게 알았냐?"

"재즈 연구회에 들어간 건 알고 있었으니까 그저께 와봤는데, 이미 너희 차례가 지났더라고."

"1학년은 전부 오전중에 연주하거든."

"그렇다며?"

"어땠냐?"

"잘하던데. 피아노 치는 애, 굉장한걸. 본명이라며?"

마모루는 하지메가 아야네에게 이야기를 들었음을 깨달았다. 적어도 아야네가 동아리방에서 연주를 들은 이후에 둘이 만난 것은 분명했다.

"재즈 자주 들어?"

"비교적. 영화 음악에도 많으니까. 마일스 데이비스라든지."

"아, 그렇군."

하지메는 분명 영화 연구회였다. 그러고 보니 예전에 아야네와 셋이 영화를 보러 간 적도 있었다.

"와줘서 고맙다."

마모루가 깍듯이 머리 숙여 인사하자 하지메는 "재미있었어" 하며 손을 흔들었다.

하지메가 자기 연주를 들었다는 이야기를 아야네에게 할까, 마모루는 생각했다.

멤버들끼리 이럭저럭 연주를 할 수 있게 되고 나면, 한 단계 더 발전하기 위해서는 개인의 기술력을 향상시키는 수밖에 없다.

말한 적은 없지만 오즈마가 내심 이 년 뒤의 레귤러 밴드를 노리고 있음을 마모루와 마사야는 눈치채고 있었다. 오즈마 한 사람의 실력으로 따지면 결코 꿈이 아니다. 기술을 향상시켜야 하는 사람은 마모루와 마사야였다.

재즈 연구회에서는 밴드 멤버가 교체되는 일도 적지 않았다. 특히 레귤러 밴드를 정할 때는 가차 없었다. 한 밴드가 그대로 레귤러 밴드로 올라가는 것이 이상적이지만, 몇몇 밴드에서 실력이 좋은 멤버를 모아 레귤러 밴드를 만드는 경우도 있는 모양이다. 그 정도로 레귤러 밴드는 재즈 연구회의 간판이요, 높은 수준을 유지해야 하는 격이 다른 존재였다.

피아노 주자인 니시 선배는 E학년 때부터 레귤러 밴드에서 활동했다. 아무리 그래도 D학년에 레귤러로 올라간 예는 없는 모양이지만, 만약 오즈마가 E학년에 레귤러로 올라가면 마모루와 마사야가 남겨지는 사태가 발생할지도 모른다.

축제가 끝난 뒤 두 사람은 각자 한층 더 열심히 연습했다.

드러머 중에는 연습을 좋아하는 사람이 많다. 몸을 쓰는 일이다보니 다른 악기에 비해 운동선수에 가깝다. 실제로 프로 타악기 주자 중에는 온갖 스포츠에 능한 사람이 많다고 한다.

마사야도 연습을 좋아해 손에서 스틱을 놓은 적이 없었다. 스트로보식 메트로놈을 들고 다니며 늘 스틱으로 무릎을 쳤다.

마모루도 질세라 연습에 몰두했다. 베이스라인의 연구는 물론, 기타 못지않은 멜로디를 연주할 수 있도록 온갖 프레이즈를 연습했다. 자신의 약점을 어렴풋이 알아차리기 시작했기 때문이었다.

재즈 밴드를 하면서 솔로 애드리브를 못 하면 도리가 없다. 애드리브를 못 하면 재즈를 한다고 말하기 어렵기 때문이다. 베이스의 솔로는 많지 않지만 기왕이면 근사한 프레이즈를 연주하고 싶은 게 당연하다.

이론상으로는 코드를 구성하는 음을 본떠 멜로디를 짜기만 하면 되는데, 막상 연주하려면 아무것도 나오지 않았다. 축제에서 연주했던 솔로는 죄다 미리 만들어두었던 프레이즈였고, 그것도 다른 데서 들은 프레이즈를 이어붙인 데 불과했다.

재즈 연구회에 들어오기 전에는 익숙해지면 자연히 애드리브를 할 수 있지 않을까 했는데, 반년 이상 해보니 그런 게 아닌 것 같다는 생각이 들기 시작했다. 테크닉의 문제도 있지만 심리적인 원인이 더 크다는 생각이 들었다.

다른 밴드의 C학년 테너색소폰에 초심자로 들어온 히구치라는 녀석이 있었다. 명목상 초심자 환영이라고 하지만, 사실 초심자 중에 끝까지 남을 수 있는 사람은 거의 없다. 주위가 죄다 경험자인 상황에서 초심자가 같이 세션을 하는 것은 무리이다보니, 다들 너무나도 높은 벽에 위축되어 일찌감치 떠나버린다. 그러나 히구치는 롱 톤부터 시작해서 날이면 날마다 우직하게 스케일을 연습했다. 처음에는 '얼마나 가겠나' 하고 다들 냉랭하게 지켜봤지만, 히구치는 끝까지 남아 7월 초의 라이브에서는 서툰 솜씨로나마 당당히 솔로를 연주해 상급생들을 비롯한 모두를 놀라게 했다.

역시 센스가 중요한 것이다. 취주악부 출신에 기술적으로 능하다 해도 자기 솔로를 연주할 수 있는 사람은 그리 많지 않다. 히구치는 센스가 있어 서투르게나마 자기만의 프레이즈를 갖고 있었다. 그는 그뒤로도 눈부신 진보를 거듭하더니 대학 축제를 맞이했을 무렵에는 기술도 부쩍 좋아져 번듯한 솔로를 연주했다. 무엇보다도 어엿한 재즈로 들렸다.

어떤 의미에서는 천진하게, 또는 뻔뻔하게 자기주장을 할 수 있는 사람이 아니라면 남 앞에서 즉흥으로 솔로를 연주하는 것에 대한 심리적 저항감이 상당히 크게 마련이다.

마모루는 조바심을 느꼈다. 나는 센스가 없는 게 아닐까. 이대로 임프로비제이션을 못 하는 연주자가 되는 게 아닐까. 어중간하게 손재주가 있다보니 베이스라인을 연주할 때와 솔로를 연주할 때의 격차가 역력하고, 억지로 갖다붙인 듯한 프레이즈가 되고 말았다. 그러다보니 솔로를 연주하는 게 괜히 더 창피해지는 악순환에 빠져들고 있다는 걸 스스로도 느꼈다. 카피든 뭐든 좋으니 자연스러운 프레이즈를 만들어내고 싶다. 그것이 현재 마모루의 목표였다.

대학생이란 이를테면 좀처럼 정차하지 않는 장거리 열차를 탄 것이나 다름없다.

자리에서 꾸벅꾸벅 졸아도 아무도 흔들어 깨우지 않고, 같은 칸에 탄 승객과 내내 카드 게임에 열중해도 상관없다.

오즈마 밴드가 세상의 중심이 된 뒤로 마모루는 정거장에 별로 신경 쓰지 않았다.

그러나 3월 초에 유명 라이브하우스를 대여해 졸업 공연을 마치고 레귤러 멤버가 재즈 연구회를 졸업하고 나자(진짜 졸업할 수 있었던 사람은 유키 선배뿐이고 나머지는 일찌감치 유급이 정해져 있었지만), 머리를 가볍게 쳐낸 것처럼 허전했다.

졸업 공연 뒤에 E학년과 F학년이 마주 앉아 다음 레귤러 밴드를 결정한다.

마모루에게는 남의 일이었으나 오즈마는 꽤 신경 쓰이는 모양이었다. 이번에 F학년으로 올라가는 밴드는 하나같이 수준은 높은데 하야세 선배네처럼 개성이 강하고 걸출한 밴드가 없었으므로, 오즈마는 멤버 선정을 놓고 꽤 갈등이 있을 것이라 예상하고 있었다.

그러나 다음 레귤러 밴드는 뜻밖에도 싱겁게 결정됐다.

전 밴드는 굳이 따지자면 촌스러울 정도로 정통파인 어쿠스틱 밴드였는데, 이번에는 그와 대조적으로 세련되고 치밀한, 당시 유행하던 퓨전 색이 강한 밴드였다.

"호, 꽤 폭이 넓은데, 우리 동아리."

"이렇게 나온다 이거지."

"지난해하고 전혀 딴판이잖아."

세 사람은 모두 나가고 없는 라이브하우스 구석에 무릎을 맞대고 앉아 있었다. 그러다 이내 얼굴을 마주 보더니 누가 먼저랄 것 없이 〈오버 더 레인보〉를 불렀다.

오즈마 밴드의 테마송.

"D학년 되면 자작곡 할 거다."

오즈마의 선언에 마모루와 마사야는 고개를 끄덕였다. 오즈마가 은밀히 밴드를 위해 곡을 써두고 있다는 것을 알기 때문이었다.

다음해 신입생이 들어와 또다시 일흔 명이 넘는 입부 희망자가 가부키초의 주점에 집결했다.

이렇게 일 년이 지나고 보니, 신입생들이 얼마나 허세를 부리고, 긴장해서 움찔거리고, 자기를 개성적으로 보이려고 노력하는지 잘 알 수 있었다.

또다시 야단법석 속에 연일 밴드 나누기가 계속되고, 관악기 초심자들의 롱 톤이 동아리방 건물 복도에 울려퍼지고, 두 달 만에 썰물 빠지듯 사람이 줄고 눈에 띄게 도태되어갔다.

오즈마 밴드는 진화를 거듭했다. 마모루와 마사야의 노력도 결실을 맺어가는 중이라, 바야흐로 기술 면에서는 같은 학년 중에 톱을 달린다는 것이 누가 봐도 명백했다. 오즈마는 자작곡을 레퍼토리에 넣어 오즈마 밴드다운 개성을 표현하려 했다. 세 사람의 연습은 유난히 구도적인 분위기를 띠어 다른 멤버들이 '오즈마 밴드, 무서워 죽겠다' 고 할 지경이었다. 연습중에 세 사람은 그다지 말을 주고받지 않았다. 오즈마가 고개를 갸웃하고, 마모루가 눈썹을 치켜세우고, 마사야가 불안한 표정을 짓는다. 그리고 연주가 중단된다.

"거기 좀 이상한데."

"여기?"

마모루가 코드를 짚는다.

"아니, 그 앞. 어째 소리가 이상해."

오즈마가 쓴 자작곡을 연주하다보면 종종 이런 일이 생겼다. 완벽주의자인 그는 음 하나하나에 집착했다. 이렇게 이것도 아니다, 저것도 아니다 따지다보면 어느새 수렁에 빠져 헤어나지 못하는 일도 잦았다.

어느 날, 또 세 사람이 무릎을 맞대고 고착 상태에 빠져 있는데 별안간 문이 왈칵 열리더니 덩치 큰 사람이 들어왔다.

"어이쿠, 하야세 선배."

점잖은 면접용 양복을 입고 테너색소폰 케이스를 끌어안은 그는 지난해 레귤러 밴드의 하야세 선배였다.

상급생이 양복을 입은 모습을 보면 움찔하게 된다. 그곳에 현실이 있기에. 그리고 자기들이 얼마나 속 편하게 학창 시절을 보내고 있는지 실감하지 않을 수 없기 때문이었다.

"뭡니까, 그 복장. 시치고산*입니까?"

마모루가 놀리자 하야세 선배는 "바보, 구직 활동이다"라고

* 남아는 3세, 5세, 여아는 3세, 7세가 되는 해 11월 15일에 성장을 축하하기 위해 신사 등에 참배하는 행사.

중얼거리고는 테너색소폰 케이스를 털썩 내려놓았다.

"하야세 선배, 내년엔 졸업하실 수 있는 겁니까?"

오즈마가 묻자, 그는 "내년에 동생이 대학에 입학할 예정이라 난 나가야 해"라면서 악기를 척척 조립하기 시작했다.

"뭐 하십니까, 선배."

"보면 모르냐. 불 거다."

"여기서요?"

"그야 당연하지. 오즈마, A 좀 쳐봐라."

세 사람은 놀라 얼굴을 마주 보았다. 지금까지 같은 학년 관악기와 맞춰본 적은 여러 번 있었지만 하야세 선배와 맞춰본 적은 없었다. 이 정도로 실력 있는 프로급 테너색소폰 주자와 함께 연주한 적은 단 한 번도.

하야세 선배는 마우스피스를 끼우고 오즈마가 친 A음에 맞춰 튜닝을 하더니 "좋아, 분다" 하고 포효했다.

"뭐부터 할까요?"

오즈마는 각오를 굳힌 모양이었다.

"블루 트레인."

하야세 선배는 주저 없이 대답했다. 그리고 악기를 휙 치켜들더니 테마를 불기 시작했다.

조용한 도입부. 세 사람은 조용히 따라갔다.

와락 덮쳐들듯 하야세 선배의 솔로가 시작됐다. 엄청난 음압. 동아리방 전체가 울렸다.

으아!

세 사람은 내심 부르짖었다. 또다시 셋이 얼굴을 마주 보았다. 모두 흥분된 표정이었다. 엄청나다, 엄청나. 어떻게 이런 소리가. 이런 스케일이. 밴드를 거침없이 쭉쭉 끌어나가고 끌고 다닌다. 지금껏 지겨울 정도로 연주해서 키워온 세 사람의 일체감 따위 삽시간에 와해될 것만 같았다. 테너에 뒤처지지 않으려고, 해체되지 않으려고 필사적으로 서로의 소리를 듣지 않으면 눈 깜짝할 새에 버림받고 뼛속까지 빨아먹힐 것만 같았다. 하야세 선배의 소리가 워낙 커서 이쪽도 평소의 갑절은 되는 음량으로 맞서지 않으면 당해낼 수 없었다.

세 사람의 얼굴은 순식간에 홍조를 띠었다. 오즈마의 얼굴에 행복한 웃음이 흘렀다.

으아, 대단하다. 재밌잖아!

마모루도 웃었다. 꼭 자기 실력까지 는 것 같았다.

하여튼 대단한 파워다. 레귤러 밴드는 늘 이런 식으로 홍겹게 연주했을까.

하야세 선배는 거침없이 내달렸다. 프레이즈는 잠깐이라도 끊일 줄 모르고, 흡사 중전차 같은 소리가 고르게, 서슴없이 돌진했다.

오즈마의 솔로도 지지 않았다. 방금 전까지 엄숙한 얼굴로 악보를 집적거리던 것이 거짓말인 양 대단히 정열적이고 진한 솔로로 하야세 선배에게 대항했다.

좋아, 나도.

마모루도 의외로 자연스럽게 솔로에 들어갔다. 자기가 연주하는 프레이즈를 즐기기조차 했다. 머릿속에서 하얀빛이 팡 터진 느낌이 들었다.

마사야도 내달렸다. 베이스드럼의 거센 응수에 하야세 선배가 "아하하하" 하고 큰 소리로 웃었다.

크다, 엄청 커. 어떻게 이런 큰 소리가 다 있나. 네 사람의 소리가 지저분한 동아리방 건물을 뛰쳐나가 온 캠퍼스에 꽝꽝 울려퍼지는 것만 같았다.

문이 열리고 다른 부원이 얼굴을 내밀더니 "아, 역시 하야세 선배구나" 하고 눈을 빛내며 들어왔다. "나도 끼자." 트럼펫 주자인 E학년이 들어왔다. 사람이 점점 늘고 솔로 시간이 점점 길어졌다.

하야세 선배는 그뒤로도 두 시간 가까이 불어댔다. 물론 오즈마 밴드도, 도중에 끼어든 다른 멤버들도 함께.

"아, 시원하다. 너희, 제법 괜찮더라."

하야세 선배는 벗어두었던 양복과 악기 케이스를 안고 돌아갔다.

"맞아, 오즈마 밴드에서 솔로를 부니까 딱 붙어 따라와줘서 기분이 엄청 좋은걸. 다음에 또 같이 해도 되냐?"

E학년 나팔이 수줍은 표정으로 오즈마에게 물었다.

"그럼요, 물론이죠."

넋 빠진 얼굴로 세 사람은 서로 마주 보았다.

콜트레인이면 죽고 못 살고 대학 사 년을 테너색소폰과 함께 보낸, 그렇게 실력 있는 하야세 선배가 양복을 입고 익숙지 않은 구직 활동을 하고 있다. 스트레스가 쌓였을 게 분명하다.

그러나 세 사람은 오히려 자기들이 하야세 선배에게 기를 받은 듯한 기분이 들었다.

작은 데 안주하지 마라.

방금 전까지 음울한 얼굴로 음이 어떻다느니 소리가 어떻다느니 쪼물대던 것이 바보처럼 느껴졌다.

"재밌었다. 잘하는 사람하고 같이 하면 이렇게 재미있는 거구나."

마사야의 감상이 모든 것을 말해주었다.

그뒤로 오즈마 밴드는 방향을 약간 전환했다.

객원을 불러 콰르텟이나 퀸텟에 주력하기 시작했다. 관악기는 물론이고 기타, 보컬, 뭐든 가리지 않았다.

그해 들어온 여학생 중에 타대생 보컬이 있었다. 다른 대학의 예쁜 여학생이 보컬로 들어오는 일은 드물지 않았지만, 이누이 아키의 경우는 상당히 이색적이었다. 그녀는 도쿄 예술대학 작곡과 학생이었던 것이다. 차분하고 눈에 띄지 않지만 한번 신경이 쓰이면 무척 신경 쓰이는 타입의, 어딘가 신비스러운 여학생이었다.

연예인 지망생인 듯한 미묘한 보컬만 보아온 오즈마 밴드 세 사람은 아키의 음악적 센스에 놀랐다. 그녀는 절대음감을 가진 데다 제대로 된 발성 훈련도 받았고 스캣 창법까지 공부했다. 무엇보다도 박력 있는 허스키 보이스가 독특한 분위기를 자아냈다.

오즈마는 지적인 여자에게 약했다. 아키처럼 음악적 재능까지 갖춘 여자에게 정신없이 빠지는 것도 무리가 아니었다. 한동안 '아키' '아키' 하고 쫓아다녀 하마터면 '이누이 아키와 오즈마 밴드'가 될 뻔했으나, 그뒤에는 뻔한 결말이 기다리고 있었다. 아키에게는 같은 작곡과에 다니는 남자친구가 있었던 것이다.

“예대가 뭐라고!”

오즈마는 포효하더니 실의를 달랜답시고 삼바 곡만 연신 써 댔다.

“뭐, 폭이 넓어졌다 치자.”

“그런데 왜 하필 삼바지?”

마모루와 마사야는 귀기 어린 표정으로 삼바 리듬을 두들겨 대는 오즈마에게 들리지 않도록 작은 목소리로 소곤소곤 말했다. 아키와 오즈마가 슬픈 결말을 맞이한 것은 그렇다 치고, 보컬과 함께 연주하는 것도 매우 재미있고 배울 게 많았던 경험임은 분명했다.

D학년 일 년은 눈 깜짝할 새에 지났다. 라이브하우스 무대에도 몇 번 섰고, 여름 음악제에도 나갔다. 콘서트에 가고, 라이브에 가고, 동문 프로 연주자의 따까리 같은 일도 했다.

그런 나날이 평생 계속될 리 없다는 것은 알고 있었지만, 그런 나날을 의심하는 일 없이 그런 나날에 푹 빠져 몸을 한껏 내맡기고 있었다.

그렇지만 마모루라는 인간은 뭔가에 완전히 몰입하지 못하고 어딘지 냉정한 눈으로 스스로를 바라보는 면이 있었다.

전보다는 저항감이 덜해져 일단 '애드리브 비슷한 것'을 연주할 수 있게 되기는 했으나(하야세 선배와의 세션이 돌파구가 됐다), 역시 진정한 애드리브를 할 수 있게 됐다는 생각이 들지 않는 것은 이런 성격 때문인지도 모른다.

강의는 나 몰라라 하고 밴드에 열중하는 부원들이 워낙 많다 보니 일이 년 유급은 당연한 것으로 여겨지는 분위기였지만, 마모루는 꼼꼼하게 계산해서 최저한의 학점은 확보해두었다. 기왕에 현역으로 들어왔으니 유급하는 일은 피하고 싶었다.

연장된 '지금', 유예된 '지금'을 마모루는 살고 있었다.

그는 어느새 몸에 익은 일렉트릭베이스를 등에 지고, 새 음반을 들으러 종착역 뒤쪽에 있는 재즈 다방의 문을 밀었다. 역 근처에는 다같이 음악을 경청하는 '정통파' 재즈 다방도 있었지만 혼자 오기에는 일반 다방에 가까운 이곳이 편했다.

마스터에게 인사를 하고 최근에 들어온 새 음반 이야기를 나눈 뒤 정보지를 들고 늘 앉는 자리에 앉았다.

문득 시야 끄트머리에 하코자키 하지메가 보였다.

마모루의 부자연스러운 동작 때문에 상대방도 알아차린 모양이었다. 하지메도 마모루에게 시선을 돌리고 "여" 하며 손을 들었다.

순간 망설였으나 마모루는 결국 커피를 들고 하지메의 맞은편으로 자리를 옮겼다.

"오랜만이다. 혹시 작년 축제에 왔을 때 이후로 처음인가?"

"응, 그럴지도 몰라."

둘은 띄엄띄엄 근황을 주고받았다.

고등학교 친구란 편안한 동시에 어딘지 모르게 쑥스러움을 느끼게 되는 존재다. 어깨 너머로 각자가 짊어진 고향 풍경이 보이기 때문이다.

매우 냉정하고 벽이 단단한 녀석. 하지만 사실은 감정이 격한 녀석.

마모루가 하지메에 대해 갖고 있는 인상이다. 하지메는 고등학교에서 처음 만났을 때부터 조금도 달라지지 않았다. 처음부터 어른스럽고 상대를 가리는 일 없이 자연스럽게 대하는, 커뮤니케이션 능력이 뛰어난 사람이었다. 남자 여자 할 것 없이 그를 좋아하고, 믿고 의지했다.

그러나 속에 있는 본심을 절대 내보이지 않고, 타인을 들여놓지 않는 확고한 영역이 있다는 느낌이 들었다. 그런데 하지메 본인은 그 사실을 자각하지 못하고 다른 사람들이 자기에 대해 갖고 있는 이미지를 진짜 자기라고 믿는 구석이 있었다.

하지메는 현재 사귀고 있는 여자애 이야기를 했다. 사뭇 즐겁게, 정말 그애를 좋아한다는 표정으로.

마모루는 옛날에 셋이 함께 봤던 영화 생각이 났다.

성 프란체스코의 전기 영화. 좋은 영화니까 같이 보자고 하지메가 권했었다.

"너 진짜 하나도 안 변했구나."

마모루는 무심결에 중얼거렸다.

"뭐가?"

하지메가 어리둥절해서 되물었다.

"넌 말하는 거하고 생각하는 게 정반대일 때가 꽤 많단 말이지. 게다가 거기에 별로 모순을 느끼지 않고."

"어? 그래?"

하지메는 매우 놀란 표정이었다.

"그거 봐, 모르잖냐."

그때도 하지메는 전혀 몰랐다.

마모루는 친할머니가 프란체스코회 신자였기 때문에 실은 어렸을 때부터 성 프란체스코에 관해 여러 이야기를 듣고 자랐다.

새들에게도 설교를 했다는 전설이 있어 지금은 자연보호의

상징이기도 하며, 그가 설립한 프란체스코회는 사랑과 청빈이 모토다. 기독교 신도들 사이에서 1, 2위를 다툴 정도로 인기 있는 성자라 할 수 있다. 자연과의 일체감을 중시해서 해와 달, 바람, 물, 공기, 대지는 모두 형제자매다, 죽음조차 자매다, 라고 주장했다. 마모루는 그것에서 오히려 음양오행 같은 동양 사상과의 친화성을 느꼈다.

성 프란체스코를 기념하는 축일은 10월 4일.
아야네의 생일이다.

당시 하지메는 자기가 아야네를 좋아한다는 것을 몰랐다. 지금은 어떤지 모르지만, 현재 사귀는 여자애를 좋아한다는 것은 아마 거짓말일 것이다. 그냥 자기가 그렇게 믿을 뿐. 머리가 무척 좋은 녀석이건만 정말이지 의아스럽고 이상한 일이다.
물론 마모루는 그 사실을 알려줄 마음이 없었다. 알려줘야겠다는 생각도 하지 못했다.

또다시 졸업 공연 날이 찾아왔다. 희비가 엇갈리는 열연, 눈물. 모두들 있는 힘껏 내달리고 몸을 내맡긴 가운데 초봄 밤이 깊어간다.

오즈마는 E학년으로 레귤러 밴드에 참가하게 됐다.

올해의 레귤러 밴드는 관악기가 하나 있는 혼성팀으로, 작년에 하야세 선배와 세션을 했을 때 중간에 끼어들었던 트럼펫 주자가 들어갔다.

오즈마는 레귤러 밴드와 오즈마 밴드를 겸임하게 된 것인데, 레귤러 밴드의 음악 활동이 워낙 많다보니 마모루와 마사야만 있는 때가 늘었다.

이렇게 될 가능성을 미리부터 염두에 두었던 마모루와 마사야는 냉정하게 상황을 받아들이고 새로운 시도를 해보기로 했다.

피아노리스 밴드다.

한 학년 밑에 다시로라는 천재 기질을 가진 기타리스트가 있었다. 팻 메시니를 대단히 좋아하는데다 정말 뭐든 다 연주할 줄 알고, 중학생으로 보일 만큼 동안이고, 붙임성 있는 구마모토 출신이었다.

오즈마 밴드는 좋은 뜻으로나 나쁜 뜻으로나 오즈마가 앞에서 이끌고, 오즈마가 곡을 쓰고, 오즈마의 색으로 이루어져 있었다. 오즈마가 없는 지금 다른 색에 도전해보고 싶었던 것이다.

다시로는 기꺼이 참가했다. 오즈마는 첨예한 정통파 재즈를 좋아했고 다시로도 자신이 리더로 있는 밴드에서는 까다로운 기교를 구사하는 음악을 했으므로, 이 세 사람이 팀을 짤 때는 보사노바를 비롯한 브라질 음악 등 부드럽고 멜로디어스한 곡을 연주하는 일이 많았다. 그건 그것대로 기분이 좋았고 연습을 거듭하면서 서서히 색이 나타났다. 오즈마와의 세션이 서로 침을 튀기며 벌이는 논쟁이라면 다시로와의 세션은 '수다'였다. 마모루와 마사야는 그 '수다'를 진심으로 즐겼다.

세 사람이 연주하는데 오즈마가 우연히 들어온 적이 있었다.

오즈마는 자기가 있을 때와 전혀 다른 분위기에 놀라더니 조금 서운한 표정을 지었다.

D학년도 C학년보다 짧게 느껴졌지만, E학년은 그보다 더 짧았다. 연습, 라이브, 콘서트, 음악제, 라이브.

대학 축제가 끝난 뒤 별안간 여자 후배에게 고백을 받았다. 그 일이 동아리 내에서 뜨거운 화제가 되고 되레 주위에서 신나하는 통에 그 기세에 밀려 잠깐 사귀었지만, 역시 오래가지 않아 흐지부지 멀어졌고 그녀는 동아리를 그만두었다. 그 일도 마모루에게는 장거리 열차의 차창 밖 풍경 같은 것이었을 뿐, 정거장이 되지는 못했다.

F학년 때 마모루와 마사야가 레귤러 밴드로 올라가면서 마침내 오즈마 밴드가 레귤러 밴드가 되었다.

거기에 E학년 중에서 다시로가 레귤러에 합류했다. 피아노 트리오에 기타라는 다소 보기 드문 편성이었다.

오즈마는 처음에 네 사람으로 팀을 짜는 데 약간 저항을 느낀 모양이었다. 사실은 순수 오즈마 밴드 멤버만으로 레귤러가 되고 싶었을 것이다. 그러나 이윽고 다시로의 강력한 기타 솔로가 더해진 것을 기뻐하게 되었다. 다시로와 오즈마의 듀오가 가능해지면서 연주의 폭이 넓어진 것이다. 둘이서 연주하는 〈스페인〉은 어디서나 인기가 좋았고, 두 사람이 기를 쓰고 기교를 경쟁하며 불꽃을 튀기는 모습은 옆에서 보기에도 재미있었다. 물론 피아노리스 트리오 곡도 가능하니 레퍼토리가 단숨에 늘어났다.

레귤러 밴드 생활은 상상 이상으로 바빴지만, 마모루의 마음속 냉정한 일부분은 취직을 향해 나아가기 시작했다. 계획대로 소화한다면 학점도 문제없고, 어려운 과목은 3학년 때까지 전부 들어두었으니 레귤러 밴드 활동과 병행해도 괜찮을 터였다. 마모루는 자신의 이런 부분이 싫었지만 신뢰하고 있기도 했다.

당시는 거품경제 초입으로, 유례없이 학생이 취업 시장의 우위에 서 있었다. 합격 통지를 받아놓고 유급된 학생을 회사가 다음 해까지 기다렸다가 채용했다는 이야기도 들렸다. 몇 군데서 합격 통지를 받은 선배들도 있었으니 취직을 못 할 것이라는 생각은 꿈에도 하지 않았다. 다들 취직을 확신하기에 모라토리엄에 빠져 유급을 반복하고 방랑을 떠나고 하는 것이었다.

여름은 음악제 투어의 계절이다.

레귤러 밴드는 교토의 재즈 페스티벌에 출장하게 되었다.

"야, 오즈마의 세력권이다."

신나하는 마모루 외 다른 사람들과 대조적으로 오즈마는 우울한 얼굴이었다.

C학년 때부터 마모루와 마사야는 오즈마가 좀처럼 고향에 내려가지 않는다는 것을 눈치채고 있었다. 설에 내려가긴 했지만, 그때도 송구영신 라이브로 섣달그믐을 지나보낸 다음 해가 바뀐 뒤에야 마지못해 가곤 했다.

"오즈마, 넌 취직 안 해?" 이따금 물어봐도 "난 됐어" 하고 어두운 표정만 지어서 최근에는 묻지도 않았는데, 실제로 그는 취업 준비를 전혀 하지 않았다. 오즈마는 성적이 뛰어나게 좋고 학점도 이미 오래전에 다 따놓은 상태였으므로 유급될 가능성도 없었다(한편 마사야는 이미 G학년으로 학교에 남기로 결정되었다).

숙박비를 아끼기 위해 출장 전날 교토로 가서 오즈마의 집에서 신세지기로 했다.

오즈마는 교토 역에 도착하기 전까지는 꼭 초상집 같은 분위기였으나, 도착하고 나니 될 대로 되라 싶어졌는지 "이쪽" 하며 지하철역을 나와 서슴없이 걷기 시작했다.

그러자 사방에서 오즈마에게 말을 거는 것이 아닌가.

"어머, 오즈마 도련님."

"진짜네, 언제 왔니?"

길가에 면한 상점의 점원이며 지나가던 사람이 죄다 오즈마만 보면 입을 여는 것은 신기한 광경이었다.

"집에 안 온다고 어머니가 슬퍼하시더라."

"괜히 그런 척하는 것뿐이야."

오즈마는 점잔 뺀 얼굴로 받아넘겼다.

그러더니 어느 가게 앞에서 걸음을 딱 멈추고는 들고 있던 과자 상자를 눈앞에 들어 보였다.

"잠깐 여기서 기다릴래? 금방 돌아올 테니까. 할머니한테는 인사를 해야지."

"어? 여기……"

오즈마는 눈앞의 자동문으로 들어갔다.

마모루와 마사야, 다시로는 우뚝 솟은 거대한 가게 건물을 올려다보았다.

마모루조차 이름을 알 정도로 오랜 전통과 역사를 자랑하는 녹차 상점이었다. 안에는 여자 손님이 빽빽하게 들어차 있고, 하얀 머릿수건을 쓴 점원이 바삐 일하고 있었다.

"도련님이라는 게, 이 집의?"

"그런 모양인데."

"오즈마 선배, 부잣집 도련님이었군요."

"삼 년씩이나 같이 밴드를 하고도 몰랐다니."

"이런 집 아들 이름이 오즈마라니. 아버님, 정말 용기 있으신 분인데."

밖으로 나온 오즈마에게 질문을 퍼부었다.

가업은 오즈마와 열두 살 차이 나는 누나 부부가 잇기로 했지만 그렇다고 오즈마가 무죄방면되는 것은 아니고, 대학을 졸업하면 백화점에 입점한 지점에서 이를테면 수습 점원으로 일하기로 되어 있는 모양이었다.

"프로로 나가버려."

마모루는 한숨을 쉬는 오즈마에게 몰래 속삭였다.

"무슨 그런 바보 같은 소리를 하냐."

오즈마는 쓴웃음을 지었다. 그러나 순간 눈빛이 흔들렸다.

마모루는 그 눈을 알고 있었다. 동경과 체념과 쓸쓸함과 짜증.

양복 차림으로 테너색소폰 케이스를 안고 온 하야세 선배가 그날 돌아가면서 한순간 보였던 눈이었다.

오즈마는 웃으며 고개를 흔들었다.

"됐어. 난 우리 가게의 맛있는 녹차를 내는 일본풍 재즈 다방을 만들 거니까."

"그거 좋은데. 건강에도 좋겠고."

"점원은 기모노 입은 귀여운 여자애로 하자."

"그러게."

듣자 하니 오즈마는 글쎄, 자기 명의로 된 아파트를 한 채 갖고 있다고 했다. 걸어서 십오 분쯤 걸린다기에 네 사람은 건물 사이로 흐르는 작은 실개천을 따라 걸어갔다.

개천가에 부드러운 푸른 버들잎이 흔들리고 있었다.

"어라, 어째 익숙한데, 이 풍경."

"버드나무 좋지? 나도 이 길 좋아해."

마모루는 생각에 잠겼다.

이 풍경을 본 적이 있다. 아주 오래전에. 어떤 의문을 품고.

뭔가가 번득했다.

"……뱀은 헤엄치는구나."

"네?"

옆에서 다시로가 되물었다.

"너 그거 아냐? 뱀 말이야, 헤엄친다."

"거짓말이시죠."

"아, 알아. 나 본 적 있어, 텔레비전에서."

마사야가 고개를 끄덕였다.

"하지만 어떻게 헤엄을 치죠? 팔다리도 없고, 지느러미가 있는 것도 아니잖습니까? 아무리 봐도 가라앉을 것 같은데요."

다시로는 의외로 뻗댔다.

"진짜라니까. 나 고등학교 때 봤다고. 그것도 세 마리가 하늘에서 떨어져서 말이야. 서로 뒤엉켜 개천에서 헤엄치더라."

"점점 더 거짓말 같은데요, 도자키 선배."

그랬다. 그때 셋이서 뱀을 본 뒤에 삼거리에 섰다.

마모루는 그 광경이 생생하게 기억났다.

거리에 사람이 없어서 섬뜩한 기분으로 그 삼거리에 멈춰 섰다.

그때, 마모루는 생각했다. 미래란 이런 식으로 예측 불능에 부정형인 것이 틀림없다고. 그것이 이어져 미래가 되는 것이라고.

그날 일에 관해서는 훗날 셋이서 여러 차례 이야기했다. 그들은 그날 오후 주민을 대상으로 인터뷰 조사를 해야 했는데, 아무리 가도 사람을 만날 수가 없었다.

학교로 돌아갈 때까지 그들이 걸어다닌 범위 내에서 마주친 사람이라고는 할아버지 한 명과 할머니 한 명이 다였다. 그것도 커뮤니케이션이 거의 불가능한 상태라, 질문을 하면 한참 있다가 엉뚱한 대답이 돌아왔다. 세 사람은 그 이상 버티지 못하고 철수해서는 학교 근처 공원에서 그럴듯하게 보고서를 꾸며 썼다.

그러나 사람의 기억은 믿을 게 못 된다고 마모루는 생각했다.

아야네나 하지메나 '사람이 없었다'는 것만 인상에 남은 듯, 그날 오후에 있었던 일은 어느새 '이른 오후의 수수께끼 같은 동네 사건'이 되어 '주민들이 우주인에게 납치된 게 아닐까'라느니 '우리가 다른 차원에 발을 들여놓은 게 아닐까' 하는 '불가사의한 사건'으로 기억이 변환되더니 이윽고 그렇게 고정된 모양이었다.

하지만 마모루가 보기에, 그런 지방 도시의 오래된 외곽 지역은 낮에 사람이 없는 것이 당연하다. 오래된 집들을 보면 알 수 있듯 당시 이미 상당히 고령화가 진행된 지역이었고, 새로 생긴 상점 같은 것도 거의 없었다. 자식들은 불편하다며 도심이나 다른 곳으로 떠나버렸다. 설사 자식들이 있었다 해도 이른 오후에는 일터에 가 있었을 테고, 아이들은 학교에 가 있다. 게다가 그곳은 촌락을 이루고 있기는 해도 실체는 농촌이다. 조금만 더 가면 개천가에 예로부터 농사를 지어온 경작지가 펼쳐져 있으니, 노인들은 밭일을 나가 있었을 것이다.

자기 밭을 가진 사람은 거동을 할 수 있는 한 밭에 나가는 것이 보통이므로(마모루의 조부모도 그랬다), 세 사람이 만날 수 있었던 사람은 건강이 어지간히 나빠 밭일도 할 수 없는 사람들뿐이었다. 그렇지 않아도 몸 상태가 좋지 못한데, 공통의 이야깃거리라고는 하나도 없는 멍청한 고등학생들이 별안간 나타나 질문했으니 제대로 대답하지 못한 것도 당연한 일이었다. 뭔가 조사를 하고 싶으면 일요일에 하든가 아니면 자전거로 넓은 농지를 돌아다녀야 했다.

마모루는 두 사람에게 종종 그렇게 이야기했으나, 믿음이란 무서운 것이라 두 사람 다 '아니, 그 동네는 이상했다' '기이한 오후였다' 고만 할 뿐 마모루의 합리적인 설명을 받아들이려 하지 않았다. 두 사람 다 농사짓는 친척이 없는 탓도 있을 것이다.

이윽고 '없는 게 당연하다니까' 라고 반복하기도 귀찮아져 아무 말 않게 됐다. 하지만 기이한 그때의 인상만은 마모루도 두 사람의 말에 공감했다.

그 고요하고 느긋한 오후, 눈앞에 삼거리가 있고, 그것이 흡사 자기들의 미래를 가리키는 것 같아 멍하니 서 있던 정경만이 그의 마음속에 남았다.

발걸음이 느려진 마모루를 추월해 떠들며 걸어가는 오즈마와 마사야와 다시로의 뒷모습을 보며, 마모루는 그때의 삼거리를 생각하고 있었다.

문득 무의식중에 워크맨 이어폰을 귀에 꽂았다.
스위치를 눌렀다.

메마른 목소리가 흘러나왔다.
열차의 종착역이 얼마 남지 않았다.

C학년 때부터 내내 재즈를 들었다. 오즈마와 마사야를 따라잡기 위해, 실력을 키우기 위해, 밴드를 위해. 공부처럼, 수행처럼, 숨을 죽이고, 동경과 짜증과 초조함을 가슴으로 느끼면서.

하지만 최근 들어 드디어 다른 음악도 들을 수 있게 되었다. 막 기타를 배우기 시작했을 때는 적응하지 못했던 포크나 뉴뮤직이 아닌 장르에서도 재미있는 일본 밴드가 하나둘 등장한 덕도 있었다.

나는 취직하겠지.

마모루는 냉정한 기분으로 그렇게 생각했다.

평범하게 취직해서 베이스와 멀어지겠지. 그리고 그때가 되어서야 비로소 재즈를 즐기면서 들을 수 있게 될 것이다.

마모루의 예상대로, 졸업하고 제철회사에 취직한 그는 그뒤 찾아온 밴드 붐과 함께 일본의 록 밴드 음악만 듣게 된다.

그리고 그중에서도 반복해서 듣게 되는 어떤 곡이 다시 베이스를 잡고 싶은 충동을 자극하리라는 사실을, 지금 그는 아직 모른다.

마모루는 세 사람의 뒷모습을 응시했다.

그러니까 지금은 그 삼거리를 생각하기로 마모루는 마음먹었다.

그 삼거리는 마모루에게 현재진행형의 의문. 지금 이 순간을 살아가는 그의 부정형 미래의 모습이니까.

"마모루, 뭘 그렇게 사색에 잠겨 있냐? 다 왔다."

"도자키 선배, 역시 뱀이 헤엄칠 것 같진 않은데요."

멀리서 목소리가 들렸다.

마모루는 등에 익숙한 베이스의 무게를 확인하고, 티셔츠 속으로 흐르는 미지근한 땀의 감촉을 확인한 다음, 어깨를 슬쩍 비틀어 악기를 고쳐 졌다.

젊은이의 양지

처음으로 밤을 새웠을 때, 생각나는가?

나는 생각난다.

하코자키 하지메는 약속 장소에 이십 분쯤 늦게 나타났다.

상대편 사정으로 기자회견이 늦어지고 있으니 미안하지만 좀 늦을 것 같다고 본인이 먼저 전화를 주었으므로 특별히 문제는 없었다.

매니저나 영화 제작사 홍보 담당자와 함께 오겠거니 했는데, 그는 혼자 슥 들어와 "늦어서 죄송합니다" 하며 맞은편에 조용히 앉았다.

차분하다는 것이 그의 첫인상이었다.

실제 나이보다 훨씬 젊어 보였다.

키가 훌쩍 큰데도 위압감이 없고, 하얀 피부와 기름하게 찢어진 눈, 갸름한 얼굴이 가냘픈 인상을 준다. 그러나 자세히 보면 어깨와 목덜미가 다부지고 골격도 큰 남성적인 용모라는 사실에 놀라게 된다. 그런데 이렇게 얼굴만 보면 표정이 부드럽고 늘 미소 짓는 것 같기 때문인지, 중성적, 아니, 오히려 여성스럽다는 느낌까지 든다.

또하나 뜻밖이었던 것은 복장이었다. 넥타이는 매지 않았지만 단정하게 회색 양복을 입었고, 빳빳하게 풀 먹인 하얀 와이셔츠가 눈부실 정도였다. 아무것도 모르고 처음 만난 사람이라면 영락없이 무슨 IT 기업 사원이나 청년 사업가로 보지 않을까.

"축하드립니다."

그렇게 말하며 머리를 숙이자, 하코자키 하지메는 순간 의아한 표정을 짓더니 "아아, 네, 감사합니다" 하며 공손히 답례했다. "역시 축하받을 일이군요. 전 어째 실감이 안 나서요"라며 머리를 긁적였다.

"그야 당연히 축하받을 일이죠. 다른 유명한 대가들의 작품을 제치고 경쟁 부문에 초청받으셨는데요."

"저, 마실 건 어떻게 하시겠어요?"

옆자리의 여자 자유기고가가 테이블에 놓여 있던 메뉴를 내

밀자, 그는 대충 훑어보고 "전 블렌드로"라고 했다.

커피가 나오기를 기다리는 동안 그는 여기 오기 전에 있었던 기자회견 이야기를 재미있게 들려주었다. 덕분에 분위기가 누그러졌다. 좌흥을 돋우는 재주가 있는데다 자연스럽게 다른 사람의 긴장을 풀어줄 줄 아는 것에 호감이 갔다.

"그럼 시작해도 될까요? 좀더 쉬었다 하시겠어요?"

"아뇨, 괜찮습니다."

기고가가 새삼 정색을 하고 묻자 하코자키 하지메도 똑바로 앉았다.

"그럼 녹음기를 켜겠습니다."

"네."

그는 고개를 끄덕였다.

처음 밤을 새운 것은 고1 여름방학이 끝나갈 무렵이었다.

처음에는 그럴 생각이 없었다.

여름방학 동안 늘어져 있었던 탓에 체내 시계가 조금 이상해졌던 모양이다. 음악을 듣고, 책이며 잡지를 대충 훑어보고, 불현듯 윗몸일으키기를 시작해 계속하다보니 눈 깜짝할 새에 한밤중이 되어 잘 때를 놓치고 말았다.

그 기이한 공기. 내 방에서 홀로 그저 깨어 있기만 할 뿐인데 어쩐지 몹시 나쁜 일을 하는 듯한 기분이 들었다. 누가 어디서 물끄러미 바라보는 것 같았다. 단지 저절로 시간이 흘러 깨어 있는 상태로 새벽을 맞이했을 뿐인데 어른이 된 기분이었다.

희끄무레하게 밝아오는 하늘을 봤을 때, 죄책감 같기도 하고 체념 같기도 한, 이제 돌이킬 수 없다는 기분이 들었다.

세상에는 분명히 밤을 새워본 적이 없는 사람도 많을 것이다. 해가 뜨면 일어나고 밤에는 재깍 잠들고. 규칙적이고 바른 생활을 하는 사람들.

중학교 때 육상부에 친한 녀석이 있었다. 나는 중학교를 졸업하면서 그만두었지만, 그 친구는 그뒤로도 육상을 계속해서 고교 체전과 전국 체전에도 나갔다. 실업팀에 들어갈지 고민했었으나 어머니 말로는 평범하게 취직한 모양이다.

한 동네에 살면서 그 아이가 묵묵히 달리는 모습을 자주 보았다. 완벽하게 금욕적인 생활이었다. 훈련 메뉴가 엄격하게 정해져 있고, 모든 것이 육상을 중심으로 돌아갔다. 나라면 도저히 그런 생활을 못 견뎠을 것 같은데 그 친구는 전혀 힘들지 않은 모양이었다. 아침 햇살 속에 하얀 입김을 뱉으며 달려가던 녀석의 실루엣.

밤을 새우는 데도 익숙해진 어느 날 아침, 신문을 가지러 나갔다가 녀석이 달리는 것을 보기도 했다.

나도 모르게 그 모습이 사라질 때까지 지켜보고 있었다.

전혀 다른 세계에 사는 사람과의 한순간의 엇갈림. 기묘한 감개와 쓸쓸함을 느꼈던 기억이 있다.

분명히 그 친구는 밤을 새워본 적이 없을 것이다. 하려는 일이 잘 되지 않아 밤을 새우다 희끄무레하게 밝아오는 하늘에 절망한다든지, 어물어물 깨어 있는 자기 자신이 싫어지는 일은 없었을 것이다. 지금은 어떤지 모르지만.

"저, 감독님 후배예요."

기고가가 조금 수줍은 표정으로 말했다.

"어? 어디요?"

하코자키 하지메는 놀란 표정으로 눈을 크게 떴다.

"대학요. 시네마 연구회에 있었거든요."

"저런, 그렇군요. 제작반 쪽?"

"네. 엑스트라 모집 같은 걸 자주 했어요."

공통된 화제가 있다는 기쁨에 기고가의 얼굴이 상기되었다.

후배라는 말을 들으면 움찔하는 이유는 뭘까.

그 사실을 고백하는 쪽은 대개 좋은 이야기라고 생각하고 말을 꺼낸다. 그러나 그 말을 듣는 나는 왜 그런지 떳떳지 못한 기분이 들어 매번 가슴이 철렁 내려앉는다. 그런 기분을 감추고 애써 기쁜 표정을 짓는다.

어딘가에 접점이 있었다. 나를 보고 있었다. 같은 장소에 있었다.

그것은 마치 감추고 있던 죄가 들통 난 듯한 심정이다. 흡사 전 당신의 숨겨놓은 자식이에요, 하는 말을 들은 것 같은 기분이 든다.

"이번에 하코자키 감독님을 인터뷰하면서 감독님과 같은 시기에 시네마 연구회에 있었던 동문 몇 분께 말씀을 여쭸거든요."

기고가는 공책을 넘겼다.

"다들 이구동성으로 하시는 말씀이, 하코자키가 영화감독이 될 줄은 생각지도 못했다고 하시더군요."

"그럴 테죠."

하코자키 하지메는 쓴웃음을 지었다.

"대학 때는 자주 촬영을 거들긴 했어도 감상반 소속이었으니까요."

"그러셨다면서요."

기고가는 크게 고개를 끄덕였다.

"누구한테 물었어요?"

"시노다 사토루 감독님과 다네무라 가즈키 감독님, 다카하시 린타로 프로듀서, 호에이의 기미하라 다카시 씨께도요."

"저런, 용케 그렇게 여러 사람한테 물었군요."

"실은 때마침 동문회가 있었거든요."

"아아, 저번에 있었던 '시네본드 회' 말이죠?"

"네. 하코자키 감독님은 안 오신다고 들었어요."

"시사회 날하고 겹치는 바람에."

하코자키 하지메가 있던 W대 시네마 연구회는 영화감독을 여럿 배출했으며 영화업계에 널리 인재를 제공하고 있다. 특히 영화업계에 종사하는 동문들로 구성된 '시네본드 회'는 업계에서 유명했다.

"정말로 다들 판에 박은 것처럼, 설마 하코자키가, 하고 말씀하시지 뭐예요."

기고가는 재밌다는 얼굴로 다시 한번 말했다. 순간 단순한 동아리 후배 같은 표정이 나왔으나, 본인도 그것을 깨달은 듯 조그맣게 헛기침을 하고 목소리를 바로잡았다.

빼곡히 적힌 페이지를 넘긴다.

"시노다 감독님이 그러시더군요. '하코자키는 아주 유능한데다 관리 능력도 있고 센스도 있었으니 마음만 먹으면 영화를 찍을 기술은 있었을 것이다. 하지만 늘 무척 쿨하게 한 발짝 뒤로

물러나 있어서 이 녀석한테 영화는 어디까지나 취미겠구나 싶었다. 일찍부터 건실한 직업을 가질 생각이라고 선언했었고, 실제로 그 말대로 일찌감치 취업 준비를 시작해서 여러 곳에서 합격 통지를 받고 취직했으니, 설마 이제 와서 영화를 찍을 생각을 할 줄은 몰랐다.' 다른 분들도 정도의 차이가 있을 뿐, 시노다 감독님과 비슷한 말씀을 하셨답니다."

"맞아요, 그랬어요. 나도 설마 내가 영화를 찍을 줄은 몰랐어요. 영화를 보는 건 좋아했지만 그걸 직업으로 삼게 될 줄은 대학 때는 정말 꿈에도 몰랐군요."

하코자키 감독에게는 늘 '이색 경력'이라는 수식어가 따라다닌다.

다른 업종 출신의 영화감독 따위 이제 신기할 것도 없지만, 그래도 광고업계나 음악업계, 디자이너, 무대 관련 직업 등이 대부분이다.

그러나 하코자키 하지메는 대학 졸업과 동시에 대형 증권회사에 취직했고, 그뒤에 부동산계 금융기관으로 전직까지 했다. 우수한 사원이었던 모양이다.

그러나 그러는 사이 어느 문화 잡지에서 주최하는 이름 있는 영화 콩쿠르에 이따금 응모하며 커리어를 쌓았다고 한다. 상업 기반의 작품을 찍어보지 않겠느냐는 제안을 받은 것은 응모를 시작한 지 십 년째 되던 해였다. 이번에 세계 3대 영화제 중 하나로 불리는 V 영화제 경쟁 부문에 초청받았을 때도, 업계에서마저 그의 이름을 아는 사람은 거의 없었다.

"그리고 다들 '하코자키가 서브로 들어와주면 아주 안심이었다'고 하시는 것도 공통적이었어요. 세세한 데까지 신경을 쓰고, 일처리가 빠르고, 계획도 잘 세우고, 존재를 크게 의식하지 않아도 되는 귀중한 인재였다고요."

"아, 그래요?"

하코자키 감독은 생각에 잠기는 듯했다.

눈 깜짝할 새에 커피를 다 마셔버렸다.

"한 잔 더 주문할까요?"

기고가의 말을 듣고서야 자기가 커피를 다 마셔버렸음을 깨달은 듯 "아, 네, 그럼 부탁합니다" 하며 고개를 꾸벅 숙였다.

다들 마음에도 없는 소리를. 두 잔째 커피를 마시며 나는 생각했다.

이 기고가가 나에 관해 물었다는 사람들은 왜 그런지, 그들이 감독한 작품을 거들었을 때 하나같이 여성스럽다는 인상을 받았던 멤버들이다. 결코 여성을 경시하는 것은 아니나 쉽게 말하면 변덕스럽고, 감정적이고, 자존심이 세면서 대단히 소심하고, 질투심이 매우 강한데다, 시의심도 특이할 정도로 강하다.

물론 그렇다고 그들에게 영화감독으로서의 재능이 없느냐 하면, 그건 또 완전히 다른 이야기라는 점이 재미있다. 크리에이터 중에는 어떤 의미에서 양성구유적인 사람이 많다는 생각이 든다. 다카하시 선배 같은 경우는, 술집 외상값도 갚지 못할 정도로 돈 계산이 주먹구구만도 못하게 철저하지 않은 사람이 어떻게 프로듀서 행세를 할 수 있는지 도무지 믿기지 않는다. 하지만 묘한 오라와 타인을 끌어당기는 힘이 있었으니, 아마 그런 점이 이 업계에서 살아남은 비결일 것이다. 그래도 우리보다 한 십 년 늦게 태어나 취업 빙하기를 겪은 후배들에게 그 사람들이 어떻게 일하는지를 보여준다면 너무나도 엉터리 같은 모습에 분사憤死할지도 모른다.

아, 오랜만이다.

'분사'라는 말, 대입 준비를 하면서 한문 공부를 했을 때 이래로 처음 쓴 게 아닐까.

한문 교과서에서 옛날 사람들은 심한 굴욕을 맛본다든지 분개하면 너무나 노여운 나머지 자기 목을 쳐버렸다는 이야기를 읽고, 참 재주도 좋다, 역시 중국인은 다른걸, 하고 묘하게 감탄했던 기억이 있다. 그럴 바에야 자기 목이 아니라 굴욕을 준 상대의 목을 치면 될 것 같은데. 〈패왕별희〉에도 광대 아이가 공중에 매달린 자기 몸을 묶은 밧줄을 끊어서 자기 결백을 증명해 보이겠노라고 선언하는 장면이 있는 걸 보면 전통적으로 그런 모양이다.

아무튼 그들은 걸핏하면 나에게 화풀이를 하고, 울며 매달리고, 온갖 실패와 성가신 일을 내 탓으로 돌렸다. 매일같이 아침에는 '나를 바보로 아느냐'고 욕을 하고, 저녁에는 '너밖에 믿을 사람이 없다'며 주점으로 끌고 가는 식이었다.

나는 천성이 차가운 사람이라 그런 말들을 적당히 듣고 넘길 수 있었으려니와, 돈 계산이나 스케줄 관리가 성미에 맞았기 때문에 그들 곁에 있는 게 아무렇지도 않았을 뿐이다. 어쩌면 그들은 나름대로 나에게 켕기는 마음이 있어 이 기회에 은혜를 갚을 작정인지도 모른다(아니, 분명히 말해 그런 일은 있을 수 없다. 그보다 만사를 자기에게 유리하게 생각하는 그들의 머릿속에서는, 정말로 나와 호흡이 척척 맞았고 화기애애하게 영화를 만들었다는 식으로 기억이 미화되어 있다는 게 더 신빙성이 높다).

실은 사회에 나온 뒤로도 의외로 상사 중에 그들 같은 인간이 많았으므로, 동아리에서 쌓은 경험이 바로 도움이 되었다.

회사라는 곳은 실로 부조리한 세계라, 조직 논리의 기이함, 음습함, 남자들의 계집애 같은 면으로 말하자면 동아리 선배들로 익숙해진 것 정도는 유도 아니었다. '여성스러운' '계집애 같은'이라는 말을 쓰는 것 자체가 여자들에게 미안할 정도다(내친 김에 말하자면 여자 동료나 선배들은 모두 실로 배짱이 두둑하고 '사내다웠다').

똑같이 뒤치다꺼리를 하는 상황이어도, 동아리 선배들은 비록 귀찮은 사람들이었을망정 영화를 만드는 일에 대해서만은 순수했고 재능도 있었으니 그나마 용서가 됐지만, 어째서 이렇게 능력도 인망도 없고 게다가 귀엽지도 않은 사람이 상사고 임원인지 알 수 없을 때가 종종 있었다.

그렇다면 귀찮을지언정 좋아하는 것을 만들고서 귀엽지 않은 쪽을 선택하는 편이 정신 건강상 이로우리라고 생각한 것이, 멀리 우회한 끝에 이 세계에 발을 들여놓은 이유일지 모른다.

"결국 대학 때는 한 번도 직접 메가폰을 잡아본 적이 없으시단 거죠?"

기고가는 빽빽이 적어온 하코자키 감독의 경력을 열심히 들여다보고 있었다. 업계 내에서도 지명도가 낮건만 용케 많이도 조사했다. 동아리 후배라는 사실이 유리하게 작용했으리라.

하코자키 감독은 고개를 끄덕했다.

"그래요. 한번 찍어보란 말은 몇 번 들었지만 결국 내내 감상반에 있었고, 찍을 마음도 전혀 없었어요. 직접 전면에 나서는 것보다 누군가의 부관 역할을 하는 편이 어울린다고 생각했으니까요."

"제작반으로 옮길 생각은 없으셨나요?"

"그래요."

고개를 끄덕이더니 그는 놀란 표정이 되었다.

"이상한 일이군요. 거의 제작반하고 같이 지냈는데 말이죠."

기고가는 몸을 앞으로 내밀었다.

"그 부분에 대해 좀더 자세히 여쭙고 싶습니다. 어째서 감상반에 머무셨는지. 감상반에 머무시게 만든 게 뭐였는지."

"단순히 그땐 그럴 마음이 없었던 것뿐이에요."

"의식하진 못했어도 역시 그 사 년이 지금의 감독님을 만들지 않았을까 싶거든요."

하코자키 감독은 약간 난처한 표정을 지었다.

"사 년이라. 그야 물론 밑바탕이 되긴 했겠지만 말이죠."

내 학창 시절 이야기 따위 눈곱만큼도 재미없을 텐데.

사 년간의 이야기.

나에게는 이야기 따위 없었다. 좌우지간 영화만 줄기차게 봤다. 남이 영화 찍는 것만 도왔다.

어떤 체험을 했으면 이야기가 생겼을까. 잊을 수 없는 사랑을 한다든지, 친구가 자살한다든지, 아르바이트하는 곳에서 인생의 진실을 목격한다든지?

조금만 더 공부를 했더라면 좋았으리라는 생각은 들지만, 영화를 보는 것도 체력이 필요한 일일뿐더러 온몸으로 픽션을 받아들일 수 있는 시기는 기껏해야 이십대 초반까지가 아닐까 생각한다. 그 시기에 많은 영화를 본 것은 그 나름대로 내 핵이 되었다.

하지만 아마 나는 정통적인 영화 팬은 아니었을 것이다. 어떤 게 정통적인 영화 팬이냐고 물으면 대답하기 난처하지만.

적어도 주위에는 어엿한 영화 평론가 행세를 하는 인간들, 여배우 마니아, 각본가 및 감독을 지망하는 인간들이 널려 있었지만, 나는 그렇지 않았다.

나는 영화 내용이니 구조니 테마니 하는 데에는 전혀 관심이 없었다. 그저 언제나 스크린에서 풍경 하나를 찾고 있었을 뿐이다.

"하코자키 감독님을 평하면서 온후함, 냉정함, 유능함을 언급하는 분들이 많더군요. 늘 밸런스를 맞추는, 누구와도 비슷한 정도로 친해질 수 있는 조정형이라고도 하고요."

기고가는 페이지를 넘겼다. 예습에 시간을 들이는 타입이리

라. 이따금 첫인상에서 받는 영감을 소중히 하기 위해 밑조사를 많이 하지 않는다고 호언하는 기고가가 있는데, 그런 방법으로 인터뷰 대상에게서 이야기를 끌어낼 수 있는 사람은 거의 없다.

그녀가 노력가라는 사실은 인정하지만, 다만 이야기를 끌어내고 싶은 본인이 눈앞에 있는데 공책만 보는 것은 아깝다는 생각이 든다. 동문 선배를 앞에 두고 긴장한 탓일지도 모르지만.

"술도 워낙 세서 흐트러진 모습을 본 적이 없고, 남의 이야기를 잘 들어주기 때문에 본인이 이야기를 하는 모습도 별로 본 적이 없다고 하던데요."

"즉, 재미없는 인간이란 뜻입니다."

하코자키 감독은 씩 웃으며 어깨를 으쓱했다.

기고가는 한순간 말을 잇지 못했다.

"아뇨, 뭐, 그런 건 아니지만, 소위 무용담 같은 이야기는 못 들었네요."

"그래요. 난 그런 타입은 아니거든."

"학창 시절에 시네마 연구회에서 영화를 만들면서 뭐 기억나는 에피소드는 없으신가요?"

에피소드?

느닷없이 정말 오랜만에 사카모토 선배 생각이 났다.

그렇군, 내가 선배님들과 어울리는 비결을 체득한 시초는 그 선배였다.

에피소드라.

그런가. 요즘은(전에는 어땠는지 모르지만) 대놓고 무슨 에피소드가 없느냐고 묻는구나.

좀 놀랐다.

내가 가진 이미지로는 '에피소드'란 말은 그런 식으로 쓰는 것이 아니었다.

예컨대 오랜만에 만난 사람과 다른 누군가의 추억을 이야기하다가 문득 '그러고 보니 그 사람 말이야' 하는 식으로 무심결에 나오는 것. '맞아, 맞아, 그런 일이 있었지' 하고 같이 고개를 끄덕이고 웃는다든지, 쓴웃음을 짓는다든지, 코가 시큰해진다든지.

그런 것이 에피소드이고, 회고록 같은 데서 '이런 에피소드가 있었다'고 제삼자가 말했을 때 비로소 '에피소드'라 불리게 되는 것이지, 당사자들이 주고받는 대화에 '에피소드'라는 단어가 끼어드는 것은 부자연스럽다는 생각이 든다.

요새 인터뷰를 받는 일이 늘었는데, 진짜 있더라. '당신에게 영화란' '당신에게 감독이란' 하는 질문을 마치 비장의 무기처럼, 그것도 꼭 제가 처음 생각해낸 것처럼 하는 사람이.

'에피소드'도 놀랍지만, '주제는 무엇입니까' 공격이나 '이 영화에 어떤 뜻을 담았습니까' 시리즈도 놀랍다. 처음부터 이십 자로 요약시킬 작정으로 나타나는 사람도 있다.

또는 모든 것을 '일본 사회' '일본인'으로 집약시키려 하는 사람. 이 부류는 외국 언론매체에 많다. 저널리스트 강좌에서 가르치는 필수 질문에 들어 있는지도 모른다. 5W1H처럼.

그러고 보면 금융 업계에는 뭘 설명할 때 '그것에는 세 가지가 있습니다' 하고 번호를 매겨가며 이야기를 시작하는 인간이 있었다. 또 '좋은 질문이다'라는 말도 많이 들었다. 칭찬하는 척하면서 자기가 질문자보다 우위에 있음을 암암리에 과시하는 상투적인 표현이다.

외국 언론매체 말인데, 그들은 '상징'이나 '은유'도 좋아한다. 어떻게든 어디선가 '절제미'나 '군국주의' 같은 기호를 찾아내려 한다. 홍콩 사람이 모두 쿵후를 할 줄 알 리 없는 것과 마찬가지로, 일본인 모두가 선禪 사상에 따라 살고 있을 리 없다는 사실을 21세기인 지금은 슬슬 이해해주려나.

하지만 이런 밑도 끝도 없는 질문에는 어떻게 대답하라는 말인가? 그런 건 영화를 보고 나서 알아서 발견하면 그만이지, 만든 본인에게 이십 자로 요약시키려는 건 상당히 뻔뻔한 짓이려니와, 그럴 거라면 애당초 영화를 볼 필요가 없지 않나.

그런 생각은 하면 할수록 화가 치밀기 때문에, 이런 때는 나라면 어떤 질문을 할까 생각한다.

내가 맞은편 자리에 앉아서 공책을 들고 몸을 앞으로 내밀며 나에게 질문한다.

자, 나라면 이애와 똑같은 질문을 어떻게 꺼낼까?

인상에 남은 사건이 있으신가요?

이것도 역시 직접적이다.

'학창 시절'이라는 말을 들으면 생각나는 것은?

그래, 이 정도면 그럭저럭.

하지만 별로 생각나는 게 없는데.

나는 '뜻'이란 말도 싫다. 나도 모르게 '그건 영화를 보면 알 겁니다'라고 대답하게 되고, 실제로도 그렇게 생각한다.

잘은 몰라도 '뜻'이라는 말을 입에 담는 녀석은 하여튼 어딜 가나 있더라. '영화를 찍었을 정도이니 뭔가 전달하고 싶은 뜻이 있을 것 아닌가, 뜻이' 하고 집요하게 추궁당한 적도 있었다.

그야 물론 당신이 말하는 '뜻'이 있었으니까 찍었죠. 그걸 굳이 말로 설명해야 한다면 처음부터 영화 따위 안 찍습니다. 그러니까 영화를 보라고 하잖습니까. 저기, 그거 압니까? 사실 영화는 영상만으로 다양한 것을 표현하고 전달할 수 있는 매체랍니다.

이거 봐요, 당신이 아까부터 거기에 집착하는 건, 당신이 뭔가 말하고 싶은 '뜻'이 있기 때문이죠? 당신이 생각하는 '뜻'을 내 입에서 듣고 싶은 거죠?

그런 말이 목구멍까지 치밀어올랐지만 적당히 얼버무렸던 기억이 있다.

에피소드. 멋진, 그럴듯한, 에피소드.

작은 삽화. 사람됨을 보여주는, 누군가에 얽힌 일화.

하지만 초超 대작 〈스타워즈〉 시리즈도 에피소드 I, 에피소드 II가 아닌가.

그런 우주적 규모의 모험담이 '작은 삽화'라면, 나에 얽힌 에피소드 따위는 현미경으로 들여다봐야 보이는 미토콘드리아 정도가 아니겠나?

그래, 내 입으로 말하기는 뭣하지만 나는 그야말로 아무런 '에피소드'도 없는 사람이다.

뭐 없나 하다가, 학창 시절의 전반 1, 2학년 때 사카모토 선배와 곧잘 어울렸다는 것이 생각났다.

사카모토 선배는 고등학교 선배이자 시네마 연구회 선배다. 하지만 고등학교 때는 마주친 적이 없다. 세 살 차이라 그가 졸업하고 나서야 내가 입학했다. 일 년 재수한 그는 현역으로 입학한 내가 법학부에 들어왔을 때 정치경제학부 3학년이었다.

그는 다카하시 루미코의 만화에 나오는 민폐 덩어리 선배의 전형 같은 사람이었다. 술고래에 주정이 심했다. 입만 열었다 하면 독설과 비아냥거림. 술 마시고 싸움을 벌이기 일쑤. 칠칠치 못하고, 등은 구부정하고, 생활은 불건전. 하지만 이목구비가 뚜렷한 미남이라 수염이 거뭇거뭇한 얼굴로 씩 웃으면 남자가 봐도 가슴이 철렁할 정도로 매력적이었다.

워낙 개성이 강해 고립되기 쉬웠지만 한편으로 묘하게 사람을 매료시키는 부분이 있어 여자들에게 인기가 많았다. 곁에 여자가 없을 때가 없었다. 게다가 죄 청순한 타입의 미인들뿐. 어째서 이런 애가? 싶은 여자가 늘 옆에 붙어 있었다.

즉, 나와 정반대의 사람이었다는 이야기다.

그렇기 때문에 마음이 끌렸을 테고, 그 사람도 나를 상대했던 게 아닐까.

영화처럼 이야기하고 싶다.

사카모토 선배가 입버릇처럼 하던 말이었다.

술만 들어가면 늘 그렇게 말했다.

굉장히 낯 뜨거운 말이다.

뭐 하는 거지. 이제 와서 낯을 붉히다니. 내가 한 말이 아니다. 사카모토 선배가 한 말이다. 그런데도 창피하다.

입버릇처럼 하던 말이었지만, 과연 사카모토 선배 본인도 자신이 하는 말이 어떤 의미인지 정확히 알고 있었는지는 확실치 않다. 지금 생각하면 술 마시고 여자를 꼬일 때 써먹던 대사가 아니었을까. 하도 많이 쓰다보니 습관이 되어 나와 술 마실 때까지 쓰고 말았을 것이다.

아무튼 그의 표정은 지금도 선명하게 생각난다. 묘하게 매력적인, 그러면서 천진한 눈으로 '영화처럼 이야기하고 싶다'라고 하는 것이다.

아닌 게 아니라 단둘이서 술을 마시다가 그런 말을 듣는다면 여자는 홀딱 넘어갈 것이다. 이 뒷이야기는 우리집에서 천천히 할까, 라고 하면 나라도 따라갈지 모른다.

사카모토 선배의 말이 생각난 것은 우연이 아니다.

아마 나도 어디선가 줄곧 같은 생각을 하고 있었을 것이다.

에피소드.

이것저것 생각나기 시작했다.

감기에 걸린 사카모토 선배가 불러서 갔더니, 머리맡에 여자들이 앉아 있던 적이 있었다.

분위기가 험악했다. 그렇지 않아도 썰렁한 방에 찬바람이 쌩쌩 불었다.

보아하니 우연히 마주친 모양이었다. 분명히 어쩌다 두 여자에게서 연달아 전화가 걸려왔고, 그는 양쪽 모두에게 '죽겠다'며 동정을 구걸하는 말을 했을 것이다. 기특하게도 두 사람 다 병문안을 드리러 온 것이다.

사카모토 선배는 쌕쌕거리는 와중에도 이 사태를 타개하기 위해 나를 부른 모양이었다. 아무것도 모르고 순진하게 사과주스와 달걀죽을 들고 들어선 내 처지가 되어봐라.

그냥 돌아가려고 했더니 사카모토 선배가 사람도 아니라는 얼굴로 나를 보는 게 아닌가. 어느 쪽이 사람도 아닌가. 양다리를 걸친 사람이 나쁘다.

그곳에 남은 이유는, 두 여자가 묘하게 간지러운 목소리로 내게 앉을 자리를 내주었기 때문이었다. 둘 다 사카모토 선배가 좋아하는 청순파 미인이었고, 나는 술집에서 바가지를 쓰고 있다는 것을 알면서도 무서워서 도망치지 못하는 손님 같은 심정이었다.

그나저나 사카모토 선배의 취향은 정말 변하지도 않는다. 둘

다 나이는 스무 살쯤. 생각에 빠지면 무서워보일 같은 고상한 미인이다. 다만 얼굴의 인상에 따라 일본풍과 서양풍으로 나뉘었다. 하카타 인형*과 바비 인형이 나란히 앉아 있는 느낌.

무슨 이야기를 했는지 전혀 기억나지 않는다. 공연한 말을 꺼냈다가는 곤란하고, 그렇다고 입 다물고 있자니 어색하고.

사카모토 선배의 머리맡에는 두 사람이 가져온 과일이 꼭 공물供物처럼 놓여 있었다.

그것을 보고서 이러면 안 된다고 생각하면서도 무심코 웃고 말았다. 사과와 귤, 코지코너**의 슈크림. 무슨 불단인가.

아무튼 사카모토 선배의 간병이라도 하자 싶어 갖고 온 사과주스를 마시게 했다. 딱딱한 음식은 넘기지 못했기 때문이었다. 사카모토 선배는 여러 가지 의미로 초췌해진 상태라 꼭 혼자 사는 할아버지를 보살피러 온 손자가 된 기분이었다. 사과주스를 마시자 배가 꽉 찼는지(원래 알코올로 칼로리를 섭취하는 타입이라, 음식을 별로 먹지 않는 편이었다) 달걀죽은 필요 없다고 해서 부엌에 있던 손잡이 달린 냄비에 데워 두 미녀에게 대접했다. 워낙 추웠고 사카모토 선배가 누워 있는 탓에 방 안의 유일한

* 하카타 지방에서 만드는 일본 전통의상을 입은 인형.

** 긴자에 본점이 있는 유명한 제과점.

난방기구인 고타쓰에 다함께 둘러앉기도 공간이 부족했다.

그랬더니 두 사람 다 아주 맛있게 먹고는 한 일이라고는 그냥 데운 것밖에 없는 나를 칭찬했다. 그러더니 그것을 계기로 글쎄, 둘이 즐겁게 대화를 나누기 시작하는 게 아닌가. 창백한 얼굴로 누워 있는 사카모토 선배를 무시하고 신나게 수다를 떨었다.

나는 또다른 의미에서 견딜 수 없어졌다. 분위기를 읽는 데 능하다고 생각했는데 이 두 미녀가 무슨 속셈인지 도무지 알 수 없었기 때문이었다.

어쩌면 웃는 얼굴 뒤에서 격전이 벌어지는 중일 수도 있고, 양다리를 걸친 사카모토 선배에게 정나미가 떨어지면서 연대감 같은 것이 생겨났을 수도 있다.

사카모토 선배를 동정하기는 했지만 내 입장 또한 괴로웠다.

그때, 하늘에서 계시가 내려왔다.

적당한 순간을 노려 나는 재빨리 끼어들었다.

"그럼 난 이만. 친구하고 약속이 있어서."

나는 사카모토 선배의 애원 어린 시선을 뿌리치고 일어나는 데 성공했다.

"어머, 친구 누구?"

하카타 인형이 순간 나에게 날카로운 시선을 던졌다.

"머리 긴 친구? 이 사람도 그런 친구가 아주 많나보던데."

바비 인형은 사카모토 선배에게 싸늘한 눈길을 주었다. 사카모토 선배는 한층 더 쪼그라든 듯 보였다.

"고등학교 때 친구가 근처에 살거든."

나는 왜 그런지 우물쭈물하고 말았다.

"친구는 소중히 여기는 게 좋지."

"그러게."

두 사람은 마주 보고 생긋 웃었다. 나는 꼬리를 말고 황급히 도망쳤다.

거짓말이 아니었다.

중간에 전철을 갈아타고 몇 정거장 더 간 곳에 니레자키 아야네가 살았다.

그랬다. 그때 나는 아야네의 집에 갔다.

"아니, 정말 아무것도 기억나는 게 없군요. 선배님들의 무용담은 기억나지만, 내 건 도통."

하코자키 하지메는 난처한 표정을 지었다.

기고가는 너무 심하게 몰아붙였다고 생각했는지 "그럼 질문을 바꾸겠습니다" 하고 명랑한 목소리로 말했다.

"학창 시절에 보신 영화 중에서 영향을 받은 것, 좋아했던 것, 영향을 받은 감독, 좋아하는 배우나 여배우를 말씀해주시겠어요?"

뭐, 막간에 끼워넣기에는 무난한 질문일 것이다. 어떤 영화감독에게나 써먹을 수 있는 질문.

"으음."

하코자키는 또다시 고개를 모로 꼬았다.

"영화라면 다 좋아했고, 당시 난 제작진이나 배우로 영화를 고르는 타입이 아니어서요. 하지만 제대로 된 영화가 좋았어요."

"제대로 된 영화라 하시면?"

"표현을 잘 못 하겠는데, 굵은 심이 박혀 있고 청결함이 느껴지는 영화라고 할까요. 〈젊은이의 양지〉나 〈우리 생애 최고의 해〉 같은."

"음, 문예영화라고 할지, 드라마성이 높은 작품을 말씀하시는 걸까요. 둘 다 사회성이 강한 작품인데요."

"그렇게 말할 수 있으려나요. 내털리 우드를 좋아했거든요. 〈초원의 빛〉이라든지, 〈웨스트사이드 스토리〉 라든지."

"어머, 좋아하는 여배우로는 잘 안 꼽는 사람 아닌가요?"

하코자키는 쓴웃음을 지었다.

"그런가요? 아닌 게 아니라 별로 들어본 적 없긴 하군요. 동아리에서도 왜냐고들 했고요."

왜냐고 한들.

정말이지 그런 소리를 자주 들었다, 옛날부터. 캐서린 헵번이나 잔 모로라고 대답했으면 시네마 연구회에서 좋아했겠지만. 그야 두 사람 다 연기도 잘하고 좋은 작품에 출연했지만, 역시 일본의 청소년 취향은 아니었다.

그렇다고 오드리 헵번이나 메릴린 먼로를 대면 시네마 연구회에서는 업신여김을 당한다. 왜 그런지 하라 세쓰코*는 또 괜찮다.

내털리 우드에 매료된 건 그 야성미 때문이었다.

까무잡잡한 피부, 호리호리하면서도 유연한 근육이 느껴지는 몸매, 그리고 강한 눈빛. 도회지에 있어도 들판을 달리는 동물을 연상시키는 본질적인 총명함과 생명력이 느껴졌다. 〈웨스트사이드 스토리〉의 종반에서 죽은 애인에게 다가가려는 남자들에게 "건드리지 마!" 하고 부르짖으며 애인의 시체 위에 엎드릴 때의 그 노기 어린 눈빛, 숄을 상복의 베일처럼 머리에 쓰고 당당히 홀로 걸어가는 모습에서 배어나오는 강인함과 정열에 압도되었다.

참다운 소녀. 그런 느낌이 들었다.

주디 갈런드, 레슬리 캐런. 이런 퍼니페이스 계열의 소녀 스타

---

* 20세기 중반에 활약했던 여배우. 일본을 대표하는 여배우 1위로 선정됐다.

는 할리우드에도 많았지만, 그들은 할리우드라는 연예계의 향기를 풍기는 데 비해 내털리 우드에게선 그야말로 숲이나 초원, 해님의 냄새가 났다.

그래, 아야네처럼.

아야네와 처음 말을 주고받았을 때를 지금도 똑똑히 기억한다.

뱀 이야기를 했다.

아니, 정말로. 뱀 말이다, 뱀.

고등학교 1학년 때, 학급에 상관없이 3인 1조로 인터뷰 조사를 하는 희한한 사회(사회였는지 아닌지 잘 모르겠다) 수업이 있었다. 그때 한 팀이 되었다.

초여름이었다. 6월 중순이나 하순이 아니었을까.

입학했을 때부터 아야네의 얼굴은 알고 있었다. 같은 반은 아니었지만, 왜 어쩐지 눈에 띄는 사람이 있지 않나. 미인은 아니어도 크고 검은 눈동자와 눈빛이 인상적이었다.

그래, 내털리 우드처럼.

또 한 사람, 도자키라는 녀석이 있었다. 셋 다 반은 달랐다. 성격도 다 달랐다.

아야네는 정말 꾸밈이 없는, 그냥 보이는 그대로인 애였다. 목소리가 낮고, 말투도 무뚝뚝한 느낌. 친해지고 나니 뜻밖에 꽤 냉소적인 유머 센스를 가진데다 가차 없고 날카로운 부분도 있었다.

대학에 들어간 뒤로도 그녀는 변함이 없었다.

우리처럼 도쿄에서 두세 시간 거리에 있는 어중간한 시골 출신 애들은 어중간하게 까졌고 어중간한 콤플렉스가 있다. 도쿄에 있는 대학에 가도 새삼스럽게 '도쿄다' 하고 감격하기에는 거리가 너무 가깝고, 그렇지만 도회지에서 자란 것은 아니니 '도쿄의 겉'은 이럭저럭 알아도 '도쿄의 안'은 모르기 때문에 그 차이를 '도쿄 안'에서 자란 사람에게 지적당하지 않을까 불안에 떨게 된다.

아야네는 그 어느 쪽도 되지 않고 역시 변함없이 아야네 그대로였다. 도자키도 마찬가지였다. 그 둘은 많이 비슷했다.

반면에 대학에 입학하자마자 별안간 화장이 짙어져서는, 야, 너 도쿄에 너무 과하게 적응했어, 게다가 네가 적응했다고 생각하는 그건 네 망상 속의 도쿄거든, 싶은 애도 꽤 있었다. 아는 여자애들이 순식간에 달라지는 모습을 몇 번 본 터라 아야네를 만나면 마음이 놓였다.

그랬다. 나는 아야네와 친했기 때문에 이따금 그애 집에 놀러 가서 실없는 이야기도 하고 술 마시러 나가기도 했다.

대충 우리 세대부터가 아니었을까, 애인이 아닌 여자애 집에 혼자서 놀러 가도 비난받지 않게 된 건. 친구의 형이 그런 말을 했다. 그 전까지는 애인의 집이 아니라면 여럿이서 같이 가야 한다는 암묵적 동의가 있었던 모양이다. 사실인지 아닌지는 모르지만, 가는 사람은 가지 않았을까. 하기야 우리 고등학교 녀석들은 남자 여자 별로 따지지 않고 형제자매 같은 느낌이었으니 그 때문일 수도 있다.

아야네의 집은 참 좋았다.

책과 고타쓰밖에 없는 듯한 인상이었다. 창문 밑에 수납장이 벤치처럼 붙어 있었으므로 나는 늘 그 좁은 공간에 다리를 접고 앉아 있곤 했다.

창밖에 목련 나무가 있어 봄이면 하얀 꽃이 화사하게 피었다.

갈 때마다 이 방에서 영화를 찍고 싶다는 생각을 했다. 창 너머로 목련꽃을 넣고, 수납장 위에 앉은 남자애와 다다미에 앉은 여자애를 롱숏으로 찍고 싶었다.

하지만 그것은 '누가 찍어주면 좋겠다' '그런 구도로 찍은 장면을 보고 싶다'는 것이었을 뿐, 스스로 찍겠다고 생각한 것은 아니었다.

나는 옛날부터 기본적으로 영화는 혼자 본다.

가끔 데이트 삼아 영화관에 갈 때도 있었지만, 그때 보는 것은 대개 이제 막 개봉된 할리우드 대작 영화 등 그야말로 데이트 무비였으므로 혼자 보고 싶은 영화와 별로 겹치지 않았다.

심야 영화 세 편 동시상영 같은 것은 시네마 연구회 사람들과 같이 보러 갈 때도 있었지만, 대개는 혼자였다. 대량의 DVD가 나도는 지금은 거짓말 같은 이야기나, 당시는 옛날 영화를 보려면 명화극장에 가는 수밖에 없었다. 학창 시절에 레이저디스크가 등장했지만 집에서 부쳐주는 생활비로 먹고사는 학생이 엄두를 낼 수 있는 값이 아니었다. 플레이어를 샀다 쳐도 타이틀이 무지하게 비쌌으려니와 그리 많지도 않았다. 좌우지간 다양한 영화를 보고 싶은 내 입장에서는 아예 포기하고 있었다.

하지만 묘하게도 스스로 영화를 좋아한다는 의식은 전혀 없었다. 아마 당시에 누가 취미가 뭐냐고 물으면 딱히 없다고 대답했을 것이다.

동아리방에 놓여 있는 〈키네마 순보〉나 〈피아〉의 영화란과 '난외 YOU와 PIA*'를 샅샅이 체크하고 스케줄을 짜는 것이 습관이었으면서도 스스로 영화를 좋아한다고 생각한 적이 없었다.

이상하다. 내가 영화를 찍고 있다는 게 지금도 믿기지 않는다.

---

* 〈피아〉의 인기 독자 투고 코너.

모두가 말하듯 나는 냉정하고 객관적이고 돈 계산에도 까다롭기 때문에 손해 볼 일은 하지 않는다. 하물며 내 손을 더럽히는 일은 말할 것도 없다.

내가 하던 금융 일이라는 게 그런 것이었다. 돈을 직접 만지는 일 없이 숫자만으로, 자기 손을 더럽히지 않고 타인의 돈으로 돈을 번다.

막 취직했을 무렵 사무자동화가 진행되면서 금융은 흡사 미군 같아졌다. 제2차 세계대전과 베트남 전쟁에서 백병전으로 인한 PTSD에 학을 뗀 미군이 그뒤 직접 적의 피를 보지 않고도 버튼 하나로 멀리 있는 적을 대량으로 죽일 수 있는 수단으로 점점 옮겨갔듯이.

그것은 즉, 냉혈의 보수다. 사람의 생사와 감정, 생활을 단순한 숫자로 치환한 냉혈의 결과로 보수를 얻는다. 비용 대비 효과로 따지면 실로 대단하다.

반대로 영화는 노력에 비해 얻는 보수가 너무나도 적다는 점이 그런 탐욕스러운 세계에 있던 나에게 신선하게 다가왔는지 모른다. 바보 아니냐며.

실제로 대학 때는 영화 찍는 선배들에게 속으로 몇 번이나 말했는지 모른다.

바보 아냐? 왜 이렇게 바보 같은 짓을 하지?

비난한 것도 업신여긴 것도 아니다. 나도 날마다 부지런히 그 일을 거들었으니 나 자신을 포함한 사람들에게 의문을 던진 것이다.

그 말이 지금의 나에게 그대로 돌아온 셈이다.

요는 나도 바보였다는 소리다. 그리고 나는 바보가 그리 싫지 않은 모양이다.

하지만 인간은 결국 무상의 사랑을 줌으로써만 만족할 수 있다는 이야기는 이제야 조금 이해할 수 있게 되었다. 그게 바로 한 편의 영화가 아닌가.

그렇게 생각하지 않나?

하코자키 하지메의 영상이 주목받은 이유는 치밀하고 잘 다듬어진 각본과, 그러면서도 대사에 의존하지 않고 영상으로 이야기한다는 본래의 영화적 수법으로 되돌아간 것, 그리고 그가 제작 위원회 방식을 취하지 않고 펀드에 의한 투자 형식으로 자금을 모았기 때문일 것이다. 최근 프로듀서의 역할 범위가 점점 넓어지는 가운데 그는 프로듀서의 수완을 겸비한 새로운 스타일의 감독으로 화제를 모았다.

"처음 P에 응모하게 되신 계기는 무엇입니까?"

기고가가 묻자, 하코자키 감독은 잠깐 생각에 잠기는 표정이 되었다.

여러 대답 중에서 어떤 것을 고를지 망설이는 느낌이었으나, 금세 부드러운 미소를 띠고 입을 열었다.

"옛날에 '이카텐*' 이라는 심야 프로가 있었는데 기억납니까?"

기고가는 아아, 하며 고개를 끄덕였다.

"아마추어 밴드의 서바이벌 프로였죠? 한때 거기 출신 밴드가 많이 데뷔했던 기억이 있어요."

기억난다. 아마추어 밴드 오디션 프로그램의 효시나 다름없다. 다섯 팀 정도 되는 참가자 중에서 그 주의 챔피언을 결정하고 이어서 지난주 챔피언이 연주하면, 심사위원의 판정으로 이긴 팀이 다음 주로 진출하는 것이다.

하코자키 감독은 크게 고개를 끄덕였다.

"그래요. 몇 주 이겨야 프로로 데뷔할 수 있는지는 잊어버렸지만, 꽤 까다로운 조건이었잖아요?"

---

* '미야케 유지의 멋진 밴드 천국'을 줄인 이름. 1989년부터 1990년까지 방송되었다.

5연승이었던 것 같다. 이삼 주는 이겨도 오 주 연속으로 이긴 밴드는 좀처럼 없었던 기억이 있다. 개성적인 밴드가 여럿 등장해서 그중 상당수가 프로로 데뷔했다. 아직까지 활동하고 있는 밴드도 있다.

"그래서 '이카텐'이 유행하고 난 뒤에 한동안 '에비텐'이라는 프로가 있었죠*."

"아, 네, 맞아요. '이카텐'의 영상 판이죠?"

영화업계 사람들이 많이 봤던 프로그램이다. 아마추어 감독이 찍은 오 분 이내의 영상 작품을 심사위원 몇 명이 오 점 만점으로 채점하는 형식이었다.

"그 프로를 좋아해서 자주 봤거든요. 응모 작품 중에 굉장히 인상적인 게 있었는데, 왜 그런지 거기에 자극을 받아서 나도 한번 응모해볼까 싶어진 겁니다."

"어떤 작품이었나요?"

"대사가 없는 아름다운 영상 작품이었어요. 심상풍경心像風景을 그린. 제목은 잊어버렸지만요."

"응모하셨어요?"

---

* '에비텐'은 '새우튀김'을 뜻하는 준말. '이카텐'은 '오징어튀김'이라는 뜻도 되므로 그에 맞춘 이름.

"아뇨, 그게, 만들기 시작했을 때 프로가 끝나버려서 말이죠. 하지만 기왕 시작했으니 끝을 내자 싶어서 한 반년 걸려서 완성했어요. 당시 거품경제 때라 회사 일이 무지막지하게 바빴거든요. 잠도 제대로 못 자고 만들었는데 그냥 두긴 아깝잖습니까? 그래서 달리 응모할 수 있는 데가 없나 생각하다가 P에 응모한 겁니다."

"거기서 저희 동문들도 많이 데뷔했고 말이죠."

"그래요. 그것도 약간은 염두에 있었을지 몰라요."

"저런, '에비텐'이란 말이죠. 오랜만인데요. 까맣게 잊어버리고 있었어요."

사실은 제목을 기억한다. 감독 이름은 잊어버렸지만, 심사위원 전원이 만점을 주었다.

〈샌드위치 항로〉라는 제목이었다.

좌우지간 물 흐르듯 아름다운 영상 작품이었다. 나는 '심상풍경'이라는 말을 별로 좋아하지 않지만, 그것은 말 그대로 '심상 풍경'을 표현한 것이었다. 어쩌면 어디선가 데뷔했을지도 모르겠다. 이렇게 보면 대학 동문이 많다고 해도 나는 업계에 아는 사람이 별로 없다.

아무튼 그 몇 분간의 영상에 충격을 받았다.

그리고 생각했다.

아마도…… 영화처럼 이야기하고 싶다고.

“그러고 별안간 입상하셨죠, 첫 응모작으로.”

“네, 뭐.”

“입상하고 어떠셨어요? 영화감독이라는 직업을 생각해보게 되셨나요?”

“천만에요. 입상 작품이 얼마나 많았는데요.”

하코자키 하지메는 쓴웃음을 지으며 손을 흔들었다.

아닌 게 아니라 그 정도로 전직을 생각했을 것 같지는 않다.

“그후로 꾸준히 응모하셨죠? 그러다 세번째에 보기 좋게 그랑프리를 차지하셨고요. 바쁘셨을 텐데 용케 매년 응모하셨네요.”

“아뇨, 바빴기 때문에 응모할 수 있었던 겁니다. 연간 스케줄을 짤 때 처음부터 촬영과 제작 스케줄을 넣는 거죠. 아시다시피 난 스케줄 관리엔 재능이 있으니까요, 계획만 확실하게 세워놓으면 실행하는 건 그리 힘들지 않거든요.”

“그런가요?”

기고가는 눈을 둥그렇게 떴다.

“촬영 스케줄은 계속 달라지잖아요. 그런데도 회사 일과 병행할 수 있으셨어요?”

"물론 전부 예정대로 진행되진 않으니까 보험 삼아 여유 기간이나 대안을 미리 마련해놓죠. 하지만 회사를 다니면서 이런 생각이 들더군요. 예정대로 진행되지 않는 걸 스트레스로 느끼지만 않으면, 그때그때 상황에 맞게 스케줄을 변경하고 관리하는 일은 꼭 퍼즐 맞추기 같고 재미있다고 말이죠."

"저런, 그건 하코자키 감독님이시라 그런 게 아닐까요?"

학창 시절 때부터 느꼈던 일이다.

스케줄은 물론 목표를 달성하기 위해 짜는 것이지만, 스케줄 자체가 스트레스나 부담으로 다가와 되레 목표 달성을 저해하는 일도 많다. 자기가 세운 스케줄에 얽매여 지키지 못했다고 속상해하고 달성하지 못한 일의 수를 세며 자신을 몰아세운다(그런 감독을 수두룩하게 봤다).

그러나 현실에는 당연히 예기치 못한 사태가 얼마든지 개입할 수 있으므로, 그때그때 할 수 있는 일을 세는 편이 정신적으로 훨씬 편하다.

내가 그렇게 말하면 선배들은 모두 '난 너처럼 속 편한 성격이 아니라고!' 하며 화를 냈다. 물론 기한이나 마감 같은 것이 존재하는 이상 일이 어느 정도 남아 있는지 파악하는 것은 중요하지만, 지금 할 수 있는 일에 집중하고 그것을 잘 해낼 때 훨씬 가치 있는 시간을 보낼 수 있다. 그러기가 쉽지 않다는 것도 알지만.

아무튼 나는 그런 면에서는 담대한 성격이라, 직접 영화를 찍을 때는 내 스케줄만 어떻게든 하면 되니 편했다. '뭐야, 처음부터 내가 찍을 걸 그랬잖아' 싶을 정도로 제작이 순조로웠다. 그때는 아직 취미에 불과했으므로 비록 잘 시간이 부족하기는 했어도, 돈은 많이 벌지언정 어딘지 모르게 살벌하고 고된 회사 생활에 좋은 기분 전환이 되었다. 아니, 이런 이야기는 아무래도 상관없고.

〈샌드위치 항로〉, 그리고 뱀이다.

지난 몇 주 동안 수도 없이 인터뷰를 했다.

신문, 잡지, 주간지, 정보지, WEB 잡지, 홍보지, 텔레비전, 나머지는 잊어버렸다.

스케줄 관리에 능한 나조차 벅찰 지경이다.

매스컴은 일제히 나타나 똑같은 질문만 잔뜩 하고 썰물 빠지듯 사라진다. 내내 홍보 담당자와 같이 있었지만 오늘은 혼자 왔다. 이런 전통 있는 영화 잡지는 최소한 기초 지식을 공유할 수 있으니 마음이 가벼우려니와 옛날부터 읽어왔기 때문에 친숙하기도 했다. 여러 번 받아 익숙해진 질문에는 이미 포맷이 생겨서 연수반사로 입이 알아서 떠들어준다.

실은 며칠 전부터 내내 마음에 걸리는 것이 있었다.

많은 사람을 만나고, 명함을 교환하고, 머리를 숙이고, 사진을 찍히고, 입이 바싹 마르도록 떠들고, 죽어라 커피를 마셨다.

아, 두 잔째 커피를 벌써 다 마셨다. 나는 커피 중독이다. 특별히 가리지는 않는다. 도넛 가게의 연한 커피(이거, 유민*의 노래 가사인데)부터 커다란 병에 든 대용량 인스턴트커피, 약같이 걸쭉한 회사 커피, 대학 시절 맛있는 커피를 마시고 싶을 때 갔던 재즈 다방의 두툼한 잔에 든 커피까지 뭐든 상관없다.

그러고 보면 그 재즈 다방에서 가끔 도자키와 마주쳤다. 그냥 인사만 할 때도 있었고, 가끔은 이야기도 나누었다. 그 녀석과의 거리감도 좀 특이하다. 아니, 그것도 지금은 됐다.

중요한 건 〈샌드위치 항로〉와 뱀이다.

오전 10시부터 오후 6시까지 인터뷰를 한 날도 있었다.

그것을 차례로 소화하며 나는 머리 한구석으로 내내 생각했다. 아니, 정확히 말하면 내가 무슨 생각을 하는지를 생각했다.

---

* 일본의 가수 마쓰토야 유미의 별명.

나는 왜 여기 있는 걸까—아니, 그게 아니다. 조금 전부터 서서히 깨달았는데, 아마 이런 것이리라.

즉, 내가 찾고 있는 풍경이란 게 뭘까.

그게 분명히 내가 이 일에 뛰어든 가장 큰 요인일 텐데, 지금 여기서 그런 것이 판명돼도 되는 걸까 싶기도 하다.

하지만 조금 전부터 내내 마음속 어딘가에 걸려 있다. 이제 좀 있으면 생각날 것 같다. 그러니 이 자리에서 기억해내고 싶었다.

그 힌트가 〈샌드위치 항로〉와 뱀인 듯했다.

하코자키 감독이 어쩐지 안절부절못하는 것 같아서 "왜 그러십니까" 하고 묻자, 그는 약간 쑥스러운 표정으로 커피를 한 잔 더 주문해도 되느냐고 했다. 커피 중독인 모양이다.

기고가가 "포트로 줄 수 있는지 물어볼게요"라며 벌떡 일어나 안쪽으로 갔다. 그녀에게 시킬 일이 아니었으나, 말릴 겨를도 없었다.

시간이 떠버린 김에 물어보았다.

"어떻습니까. 전직해서 행복하십니까? 어째 밑도 끝도 없는 질문입니다만."

그는 조그맣게 소리 내어 웃었다.

"아직 모르겠군요."

"부인께선 회사를 그만두겠다는 말을 듣고 반대 안 하시던가요?"

"그게, 의외로 안 하지 뭡니까. 그 사람도 금융계에 있었고 지금도 그렇기 때문에, '그래, 당신은 있을 만큼 있었지?' 라면서 생각보다 선선히 그러라고 하더군요."

"훌륭한 부인이시군요."

"앞으로 가계에 영향이 가거나 하면 또 모르는 일입니다. 다만 그 사람은 제 성격을 아니까 한번 그만두겠다고 말을 꺼내면 절대로 철회하지 않을 걸 알고서 말려봤자 소용없다고 생각했겠죠."

"그렇군요."

"행복이라. 생각해본 적도 없군요. 현재로선 행복하지만, 앞으로도 줄곧 그렇게 생각할 수 있으면 좋겠는데요."

이것 참, 의표를 찌르는 질문이다.

'행복하십니까' 라니. 한때 시부야 교차로에서 종종 소리를 질러대던 어느 신흥종교 단체 같다.

성격이 꼬인 나는 여기서 또 '현재로선 행복하다' 고 대답하면서도 속으로는 다른 생각을 하고 있다. 일인데 행복할 리 없지 않나, 하고. 또는 행복하면 일이 아니지 않나, 그냥 취미지, 라고.

물론 세상에 자기 직업을 천직으로 느끼고 행복하게 일하는 사람도 존재한다는 건 안다. 하지만 직업이란 보람이나 자기표현을 위해 존재하는 것이 아니다. 하고 싶지 않은 일을 할 때가 대부분이려니와 이 영화감독이라는 일도 결코 내 행복을 위해 존재하는 것이 아니라는 사실을 나는 잘 알고 있다. 게다가 솔직히 말해서 이 영화감독이라는 일이 나를 받아들여줄지 아닐지도 아직 잘 모르겠다.

넌 말하는 거하고 생각하는 게 정반대일 때가 꽤 많단 말이지. 게다가 거기에 별로 모순을 느끼지 않고.

어? 그래?

그거 봐, 모르잖냐.

갑자기 생각났다.

테이블 위에 놓인 두툼한 하얀색 커피 잔.

아주 오래전에 재즈 다방에서 도자키가 나에게 한 말이다.

대학 몇 학년 때였더라? 그렇군. 녀석이 한 말이 옳다. 면종복배라고 할까. 하지만 죄책감을 느끼지 않는다고 해서 속으로 앞에 있는 사람을 비웃고 있는 것도 아니다. 내 마음속에서는 말하는 것과 생각하는 것이 같은 무게로 균형을 이루고 있고, 둘 다 사실이며, 모순은 없다.

뱀은 헤엄치는구나.

또다시 돌연히 도자키의 목소리가 들려왔다.

그래, 뱀은 헤엄쳤다. 그날.

"역시 각본을 먼저 쓰십니까?"

"네. 각본에 시간을 많이 들입니다. 원작이 있는 이야기도 아니고 기본적으로 배우에 맞춰 쓰지 않기 때문에, 각본이 안 좋으면 자금도 모이지 않고 배우도 출연을 수락하지 않으니까요."

"이번 작품은 쟁쟁한 멤버였는데요. 용케 그렇게 쟁쟁하고 실력 있는 배우들만 모았다 싶더군요."

"그건 역시 각본을 정성 들여 썼기 때문이 아닐까 합니다. 개인적으로는 대스타를 중심에 둔 영화보다 다양한 개성을 가진 배우가 여럿 나와서 '아, 저런 데 저 사람이?' 하고 놀라는 즐거움이 있는 영화가 좋거든요."

"비교적 인간군상 드라마가 많죠."

"네, 아마 그런 이유도 있을 겁니다."

온갖 것이 떠올랐다.

그리고 엄청난 사실을 깨닫고 말았다.

대학 시절의 풍경이 거의 떠오르지 않는 것이다.

아까부터 잘난 척하며 '내가 찾고 있는 풍경'이니 뭐니 했으면서, 대학 시절의 풍경을 거의 갖고 있지 않다는 사실을 깨닫고 말았다.

왜냐하면 내 대학 시절의 풍경은 모두 영화관 스크린 속에서 본 것이기 때문이다.

부모님도 영화를 좋아해서 어렸을 때부터 영화관에 따라다닌 덕분인지, 내 기억은 죄 시네스코 사이즈의 그림으로 머릿속에 보관되어 있다. 어렸을 때 기억, 사춘기 기억 모두 영화의 한 장면처럼, 나 자신을 영화관 좌석에서 보는 것처럼 남아 있다.

그런데 대학 시절의 기억은 하나같이 정말로 영화의 한 장면이다. 그 상냥하고 부드러운 어둠 속에서 봤던 진짜 시네스코 사이즈의 영화 속 한 장면. 아야네의 방 창밖으로 본 목련만은 영화가 아닌 실제 장면이지만, 그외에는 전혀 생각나지 않는다.

〈샌드위치 항로〉.

내 심상풍경.

되감기는 시간.

한때 우리 셋은 반년에 한 번꼴로 만났다. 소풍을 간다든지, 영화를 본다든지. 그것이 그 뱀을 본 날에서 시작됐다는 것은 틀림없다. 셋이 있으면 어쩐지 묘하게 마음이 편했다.

그 둘이 내내 사귄 것도 알고 있었고, 어느새 끝났다는 것도 눈치챘다.

대학에 들어온 뒤로는 셋이 같이 만난 적이 없다. 각각 따로 만난 적은 있어도.

그래, 영화를 봤다. 번화가 뒤편에 위치한 명화극장. 봄방학, 아니, 가을이었을지도 모른다. 아야네를 가운데 두고 셋이 나란히. 내가 두 사람을 데리고 갔다.

내 기억 속에는 셋이 나란히 앉아 있는 장면이 시네스코 사이즈로 프린트되어 있다.

〈브라더 선 시스터 문〉. 프랑코 제피렐리 감독, 이탈리아 영화, 1972년 작품.

텔레비전에서 방영한 적도 있었는데, 아름다운 풍경 묘사가 인상에 남아서 영화관 스크린으로도 한번 보고 싶었다. 이탈리아의 수호 성자 성 프란체스코의 청춘 시절 이야기. 새들에게 설교한 것으로 유명하기에 이탈리아의 료칸 스님* 같은 사람인가 했다. 종교 쪽으로는 잘 몰랐으므로 내용이 딱 와 닿지는 않았던 기억이 있다. 두 사람이 지루해하지 않을까 중간에 걱정이 되었다.

하지만 도자키는 의외로 진지하게 보았고, 아야네가 왜 그런지 유난히 무서워했던 것이 인상에 남아 있다.

소풍도 갔다.

소풍이라 해봐야 학교 뒤쪽으로 펼쳐진 논길을 쭉 걸어가 늪인지 습지인지 모를 곳을 한나절 어슬렁거렸을 뿐이지만.

오오, 그 소풍의 기억, 전부 완벽하게 시네스코 사이즈다.

그렇군. 일본의 전원은 시네스코 사이즈에 딱 맞는다. 셋이서 슬렁슬렁 논두렁길을 걷고, 지장보살 불상 앞을 청소하고, 방풍림 부근 돌담에 앉아 아야네가 만들어 온 샌드위치를 먹고.

신기하다.

전혀 특별한 장면이 아니다.

그냥 그런 짤막한 원 숏. 해질녘, 작은 개천에 놓인 돌다리가 새빨간 수면에 검은 그림자를 드리우고 있다.

밑을 보며 띄엄띄엄 이야기하는 아야네와 도자키와 내 머리칼을 엷은 주황색 빛이 비춘다.

---

* 18, 19세기 일본의 승려, 시인. 소탈한 성격과 아이들을 좋아하고 자주 함께 놀았던 것으로 유명하다.

지금 당장이라도 어디서 〈레인드롭스 킵 폴링 온 마이 헤드〉가 들려올 것 같다.

그리고 그 시작이 뱀이다.

초여름 오후에 버드나무가 늘어선 고요한 수로 옆을 걷는 우리는 완벽하게 영화의 한 장면이었다. 바인더를 손가락으로 퉁기며 걷는 나와 묵묵히 걷는 두 사람을, 개천 건너편에서 카메라가 나란히 따라가며 찍는다.

그날, 왜 그런지 아무리 걸어도 사람을 만나지 못했다. 인터뷰 조사가 목적이었는데 아무도 만나지 못하니 점점 무서워졌다.

그러던 그때, 갑자기 하늘에서 뱀이 떨어졌다.

사실이다. 그날은 비가 오지도 않았고, 회오리바람이 불지도 않았다.

그런데도 휙 소리가 나더니 눈앞의 개천에 뱀이 풍덩 소리를 내며 떨어졌다.

셋 다 깜짝 놀라 개천을 들여다보았다.

그러자 뱀 몇 마리가 서로 얽혀서 물속에서 헤엄치고 있는 게 아닌가.

아야네는 "어디서 왔지?" 하며 연신 주위를 둘러보고 하늘을 올려다보았다.

도자키는 "뱀은 헤엄도 치는구나" 하고 계속 그 점에만 감탄했다.

하늘에서 내려온 뱀. 서로 뒤엉키고 휘감긴 채로 물속에 떨어져서는 얼마 동안 그대로 헤엄치더니, 이윽고 뿔뿔이 흩어져 각각 다른 곳을 향해 헤엄쳐갔다. 그건 흡사……

"다음 작품 작업엔 벌써 들어가셨나요?"

기고가의 질문에 하코자키 감독은 얼마 동안 반응을 보이지 않았다.

벌써 몇 잔째인지 모를 커피를 물끄러미 응시하고 있다.

"감독님?"

기고가가 머뭇머뭇 부르자, 감독은 흠칫 놀라 "네, 각본을 준비중입니다"라고 대답했다.

별안간 각광을 받아 취재 요청이 쏟아지고 있다. 오늘도 아침부터 여기저기 뛰어다니다 왔으니 피곤할 것이다. 이 인터뷰도 시작한 지 꽤 되었고.

"다음엔 어떤 이야기입니까?"

"음."

감독은 잠깐 생각하는 눈치를 보였다.

"이번에도 인간군상 드라마가 될 것 같습니다만."

"만?"

기고가가 되묻자, 그는 또다시 잠깐 생각하더니 이윽고 고개를 들고 빙긋 웃었다.

"아직은 잘 모르지만, 이어져 있는데 이어져 있지 않은 사람들 이야기일까요."

"이어져 있는데 이어져 있지 않은 사람들 이야기요?"

기고가가 의아한 얼굴로 되뇌었다.

"네, 아마도."

감독은 고개를 끄덕했다.

기고가의 얼굴에는 여전히 물음표가 떠 있었지만, 그는 자세히 설명할 마음이 없는 듯했다.

어디서부터 시작된 걸까.

왜 이런 곳에 있는 걸까.

역시 모르겠다.

아무리 그래도 커피를 너무 많이 마셨다. 어째 위가 무지근하다. 그러고 보니 여기 오기 전에도 꽤 많이 마셨다. 점심도 거의 먹지 않았는데 커피만 거푸 들이켰다. 역시 익숙지 않은 기자회견에 긴장했었나.

찾고 있던 풍경 중 하나가 생각났다고 해서 뭐가 크게 달라진 것은 아니다. 그저 생각지도 못했던 곳에 그게 묻혀 있었다는 것을 알았을 뿐이다. 뜻밖에 그게 중요한 것이었다는 것도. 그런 생각지도 못할 장면을 앞으로도 발굴해가리라는 것도.

아마.

아마 나는 앞으로도 대부분 하고 싶지 않은 일을 하면서, '취미는 없다'고 하면서, 이 일을 계속하리라.

"피곤하실 텐데 긴 시간 내주셔서 감사합니다."

기고가는 마무리에 들어갔다. 공책을 덮고 머리 숙여 인사하는 그녀에게 나도 덩달아 고개를 깊이 숙였다.

"아뇨, 저야말로 감사합니다. 앞으로도 잘 부탁드립니다."

하코자키 감독도 정중히 인사했다.

벌써 시간이 이렇게 됐나.

"저, 교정쇄가 나오면 이쪽으로 보내드리면 될까요?"

"일단 고미야마 씨한테도 보내주시겠습니까? 연락처는 아시죠?"

"아, 네. 알아요. 그럼 감독님과 고미야마 씨 양쪽으로 보내겠습니다."

"언제 게재될 예정이죠?"

자잘한 사항을 재빨리 확인한다.

공책과 녹음기 등을 정리하던 기고가가 "아, 마지막으로 한 가지만 더 여쭐게요"라고 했다.

"하코자키 감독님께 영화란 무엇인가요?"

자리에서 일어서려던 감독은 한순간 멍한 표정을 지었다.

심상풍경. 내털리 우드. 참다운 소녀들.

절도 있는 영화. 조리가 서는.

대사도 없이 영상만으로 이야기한다.

뱀이 떨어지는 오후. 버드나무. 바인더를 퉁기는 소리.

성 프란체스코. 샌프란시스코의 어원.

세 사람이 나란히 앉은 좌석. 부드러운 어둠.

"……아까 내가 〈젊은이의 양지〉를 좋아한다고 했잖아요?"

"네."

기고가는 엉거주춤한 자세로 하코자키 하지메의 얼굴에 천천히 퍼지는 미소를 보았다.

"그게, 그 영화에 개인적으로 베스트 3로 꼽는 대사가 나와서거든요."

"저런. 어떤 대사죠?"

기고가는 당황해하면서도 말을 받았다.

그것이 그에게 영화란 무엇인가 하는 질문에 대한 대답이냐는 의문이 표정에 드러나 있었다.

하코자키 하지메는 일어나 짐을 들었다.

그 얼굴에서 웃음은 사라지지 않았다.

"끝부분에서 엘리자베스 테일러가 살인죄로 고발된 몽고메리 클리프트한테 하는 말이에요. 난 엘리자베스 테일러가 그렇게 예쁘다고 생각해본 적 없지만, 그 장면의 엘리자베스 테일러만은 아주 아름답다고 생각해요."

"죄송합니다. 그 영화 보기는 했는데 잊어버렸어요. 뭐라고 했죠?"

기고가는 머리를 긁적였다.

"이렇게 말해요."

하코자키 감독은 기고가의 얼굴을 똑바로 바라보며 빙긋 웃었다.

"우리는 헤어지기 위해서 만난 거군요."

우리는 헤어지기 위해서 만난 거군요.

"네? 저기, 그게……"

기고가는 당황했다.

그것은 나도 마찬가지였다. 무심코 기고가와 얼굴을 마주 보았다.

헤어지기 위해 만난다? 그에게 영화란 그런 것이라는 뜻일까. 이제부터 커리어를 쌓아갈 그에게는 전혀 어울리지 않는 대사다.

그러나 그는 고개를 가볍게 숙여 인사했다.

"그럼 이만 실례하겠습니다. 감사합니다."

하코자키 감독은 왔을 때와 마찬가지로 바람처럼 가버렸다. 마주하는 사람을 안심시키는 그 냉정하고 온후한 웃음의 잔상만 남긴 채.

지은이 **온다 리쿠**

1964년 미야기 현 출생. 와세다 대학교 교육학부를 졸업했다. 1991년 제3회 일본 판타지 노벨 대상 최종 후보작에 오른 『여섯번째 사요코』로 데뷔했다. 2005년 『밤의 피크닉』으로 요시카와 에이지 문학 신인상 및 서점대상을 수상했다. 그후 『유지니아』로 나오키 상 후보에 올랐으며 일본추리작가협회상 장편부문을 수상했다. 2007년에는 『호텔 정원에서 생긴 일』로 야마모토 슈고로 상을 수상했다. 여러 장르가 혼성된 독특한 작품 스타일과 읽는 이의 향수를 자극하는 아련한 분위기로 많은 사랑을 받고 있다.

옮긴이 **권영주**

서울대학교 외교학과를 졸업하고 동대학원에서 영문학을 전공했다. 옮긴 책으로 『삼월은 붉은 구렁을』 『흑과 다의 환상』 『다다미 넉 장 반 세계일주』 『네크로폴리스』 『요이야마 만화경』 『리큐에게 물어라』 『가노코와 마들렌 여사』 『개는 어디에』 등이 있다.

문학동네 세계문학

브라더 선 시스터 문

1판 1쇄 2012년 1월 10일 | 1판 3쇄 2016년 1월 7일

지은이 온다 리쿠 | 옮긴이 권영주 | 펴낸이 염현숙
책임편집 양수현 | 편집 황문정 박아름 | 독자 모니터 마정선
디자인 김선미 유현아 | 저작권 한문숙 박혜연 김지영
마케팅 정민호 이미진 정진아 전효선 | 홍보 김희숙 김상만 한수진 이천희
제작 강신은 김동욱 임현식 | 제작처 상지사 P&B

펴낸곳 (주)문학동네
출판등록 1993년 10월 22일 제406-2003-000045호
주소 10881 경기도 파주시 회동길 210
전자우편 editor@munhak.com | 대표전화 031) 955-8888 | 팩스 031) 955-8855
문의전화 031) 955-1927(마케팅) 031) 955-2684(편집)
문학동네카페 http://cafe.naver.com/mhdn

ISBN 978-89-546-1702-4 03830

www.munhak.com